新日檢最大變革：等化計分

● **什麼是「等化計分」？**

2010 年起，日檢考試採行新制。「新制日檢」最大的變革，除了「題型」，就是「計分方式」。

【舊日檢】：每個題目有固定的配分，加總答對題目的配分，即為總得分。

【新日檢】：改採「等化計分」（日語稱為「尺度得点」しゃくどとくてん）

（1）每個題目沒有固定的配分，而是將該次考試所有考生的答題結果經過統計學的「等化計算」後，分配出每題的配分。加總答對題目的配分，即為總得分。

（2）「等化計算」的配分原則：

> 多人錯的題目（難題） ➡ 配分 高

> 多人對的題目（易題） ➡ 配分 低

● **「等化計分」的影響**

【如果考生實力足夠】：

多人錯的題目（難題）答對較多 ＝ 答對較多「配分高的題目」，

→ 總得分可能較高，較有可能 合格 。

【如果考生實力較差】：

多人對的題目（易題）答對較多 ＝ 答對較多「配分低的題目」，

→ 總得分可能偏低，較有可能 不合格 。

● **如何因應「等化計分」？**

因此，在「等化計分」之下，想要應試合格：

（1）必須掌握「一般程度」的題目 → 多數人會的，你一定要會！

（2）必須掌握「稍有難度」的題目 → 多數人可能不會的，你也一定要會！

答對多人錯的難題是得高分的關鍵！（*等化計分圖解說明，請參考下頁）

「等化計分」圖解說明

● 配分方式

假設此 10 題中：

【多人錯的題目】：2、4、7（定義為難題）

【多人對的題目】：1、3、5、6、8、9、10（定義為易題）

經過等化計算後：

■ 2、4、7 會給予【較高配分】　■ 其他題則給予【較低配分】

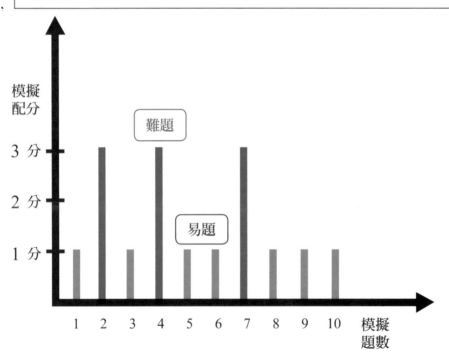

● 得分結果

■ 考生 A：答對 3 題配分高的【難題】，其他都答錯，
　　　　　獲得 3 x 3 = **9** 分

■ 考生 B：答對 7 題配分低的【易題】，其他都答錯，
　　　　　獲得 1 x 7 = **7** 分

【結論】

答對題數多，未必得分高；答對多人錯的難題，才是高分的關鍵！

本書因應「等化計分」的具體作法

● **根據最新【JLPT 官方問題集】，精研新制考題真實趨勢，力求100%真實模擬！**

　　日檢考試自 2010 年採行新制後，主辦官方除依循自訂的命題原則，也會統計歷年考試結果，並結合國際趨勢，不斷調整命題方向。

　　本書由兩位具 10 年以上教學經驗，同時是日檢考用書暢銷作家的日籍老師，精研最新【JLPT 官方問題集】，反覆研究命題趨勢、分析命題原則，並特別納入與「日本人日常生活緊密結合」的各類詞彙、慣用表達，具體落實新日檢「有效溝通、靈活運用、達成目標」之命題原則。精心編寫 5 回全新內容、最吻合現行日檢考試的標準模擬試題。用心掌握新日檢題型、題數、命題趨勢，力求 100% 真實模擬！

● **以「日本生活常見，課本未必學到」為難題標準！**

　　新日檢考試重視「能夠解決問題、達成目標的語言能力」。例如，能夠一邊看地圖一邊前往目的地；能夠一邊閱讀說明書一邊使用家電；能夠在聽氣象報告時，掌握「晴、陰、雨」等字彙，並理解「明天天氣晴」等文型結構。因此考題中所使用的文字、語彙、文型、文法，都朝向「解決日常生活實質問題」、「與日本人的實際生活緊密相關」為原則。測驗考生能否跳脫死背，將語言落實應用於日常生活中。

　　但學習過程中，教科書所提供的內容，未必完全涵蓋日本人生活中全面使用的文字，書本所學語彙也可能在生活中又出現更多元的用法。為了彌補「看書學習，活用度可能不足」的缺點，作者特別將「日本生活常見」的內容納入試題，而這也是新日檢命題最重視的目標。包含：

　　※「日本人們經常在說，課本未必學到」的詞彙及慣用表達
　　※「日本生活經常使用，課本未必學到」的詞彙及慣用表達
　　※「日本報紙經常看到，課本未必學到」的詞彙及慣用表達

● **各題型安排20%～30%難題，培養考生「多人錯的難題、我能答對」的實力！**

　　在等化計分的原則下，「答對多人錯的難題是得高分的關鍵」！本書特別以此為「模擬重點」。「言語知識、讀解、聽解」各科目，各題型均安排 20%～30% 難題，讓考生實際進考場前，能夠同時模擬作答「多數人會的＋多數人可能不會的」兩種難易度的題型內容。

【試題本：全科目 5 回】
完全根據最新：JLPT官方問題集

各題型「暗藏」
20% ～ 30% 難題：
- 模擬正式考試樣貌，難題不做特別標示

根據新制命題趨勢
題型、題數，
100% 真實模擬！
重視：
- 有效溝通、靈活運用
- 題型更靈活
- 強調「聽・讀」能力

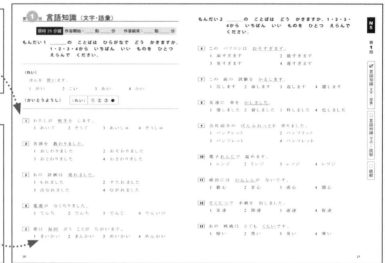

【解析本：題題解析】
加註：難題標示・難題原因

各題型「明示」
20% ～ 30% 難題：
- 如該題型題數 10 題
→安排 2-3 題難題
- 如該題型題數 16 題
→安排 4-5 題難題

難題標示
難題：
以特別顏色做出標示

難題原因
包含：
- 歸屬難題的原因
- 解題關鍵
- 延伸補充重點內容

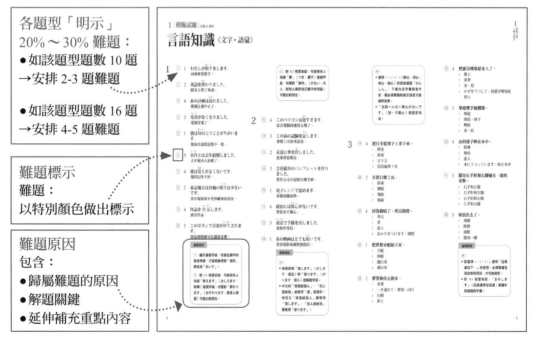

● 【試題本】：模擬正式考題樣貌；【解析本】：標示出難題原因、詳述解題關鍵！

【試題本】：模擬正式考題的樣貌，「難題」不做特別標示。
【解析本】：將「難題」用特別顏色標示，考前衝刺重點複習也非常方便！
◎〔非難題〕：題題解析，剖析誤答陷阱，詳盡易懂
◎〔難　題〕：說明屬於難題的原因、困難點、答題關鍵、並補充延伸學習內容

各題型均安排 20%～30% 難題，原則舉例說明如下：
※ N5【問題 1：漢字發音】：總題數 10 題 → 安排 2～3 題難題
※ N5【文法問題 1：句子語法】：總題數 16 題 → 安排 4～5 題難題
※ N5【讀解問題 4：內容理解】：總題數 3 題 → 安排 1～2 題難題

● 【聽解 MP3】逼真完備：唸題速度、停頓秒數、對話氛圍，真實模擬官方考題！

　　因應新日檢「有效溝通、靈活運用」的命題趨勢，聽解科目也較舊制生動活潑。N5 聽解考題較少出現非常熟悉的人之間所使用的「常體日語」，而是以初級教科書所教的、較正式有禮貌的「敬體日語」為主。考題內容非常基礎實用、並貼近生活，常以學校、購物、料理、職場…等作為對話情境，安排「與店員的互動」、「老師給學生的指示」、「同事互動」、「詢問商品」之類非常生活化的對話內容。

◎N5【聽解】科目包含 4 種題型：
問題 1【課題理解】：聽題目→實境對話→提示題目→最後作答
問題 2【重點理解】：聽題目→實境對話→提示題目→最後作答
問題 3【發話表現】：看圖片所指人物→聽題目→選出該人物適當發言
問題 4【即時應答】：聽短句日文→選出正確應答

　　本書【聽解 MP3】內容逼真完備，唸題速度、停頓秒數、對話氛圍等，均100% 真實模擬【JLPT 官方問題集】。測驗時宛如親臨考場，藉由模擬試題完全熟悉正式考題的速度。應試前充分暖身，親臨考場自然得以從容應試，一次合格！

● 超值雙書裝：【試題本】＋【解析本】，作答、核對答案最方便！

　　本書特別將【試題本】及【解析本】分別裝訂成兩本書，讀者可單獨使用【試題本】作答，單獨使用【解析本】核對答案及學習，使用時更加輕巧方便。

新日檢考試制度

　　日檢考試於 2010 年 7 月起改變題型、級數、及計分方式，由原本的一到四級，改為一到五級，並將級數名稱改為N1～N5。滿分由 400 分變更為 180 分，計分方式改採國際性測驗的「等化計分」，亦即依題目難度計分，並維持原有的紙筆測驗方式。

　　採行新制的原因，是因為舊制二、三級之間的難度差距太大，所以新制於二、三級之間多設一級，難度也介於兩級之間。而原先的一級則擴大考試範圍、並提高難度。

1.　新日檢的【級數】：

2009 年為止的【舊制】		2010 年開始的【新制】
1 級	→	N1（難度略高於舊制 1 級）
2 級	→	N2（相當於舊制 2 級）
	→	N3（難度介於舊制 2 級和 3 級之間）
3 級	→	N4（相當於舊制 3 級）
4 級	→	N5（相當於舊制 4 級）

2.　新日檢的【測驗科目】：

級數	測驗科目（測驗時間）		
N1	言語知識（文字・語彙・文法）・読解（110分鐘）		聴解（60分鐘）
N2	言語知識（文字・語彙・文法）・読解（105分鐘）		聴解（50分鐘）
N3	言語知識（文字・語彙）（30分鐘）	言語知識（文法）・読解（70分鐘）	聴解（40分鐘）
N4	言語知識（文字・語彙）（30分鐘）	言語知識（文法）・読解（60分鐘）	聴解（35分鐘）
N5	言語知識（文字・語彙）（25分鐘）	言語知識（文法）・読解（50分鐘）	聴解（30分鐘）

　　另外，以往日檢試題於測驗後隔年春季即公開出版，但實行新制後，將每隔一定期間集結考題以問題集的形式出版。

3. 報考各級參考標準

級數	報考各級參考標準
N1	**能理解各種場合所使用的日語** 【讀】1.能閱讀內容多元、或論述性稍微複雜或抽象的文章,例如:報紙、雜誌評論等,並能了解文章結構與內容。 2.能閱讀探討各種話題、並具深度的讀物,了解事件脈絡及細微的含意表達。 【聽】在各種場合聽到一般速度且連貫的對話、新聞、演講時,能充分理解內容、人物關係、論述結構,並能掌握要點。
N2	**能理解日常生活日語,對於各種場合所使用的日語也有約略概念** 【讀】1.能閱讀報紙、雜誌所刊載的主題明確的文章,例如話題廣泛的報導、解說、簡單評論等。 2.能閱讀探討一般話題的讀物,了解事件脈絡及含意表達。 【聽】日常生活之外,在各種場合聽到接近一般速度且連貫的對話及新聞時,能理解話題內容、人物關係,並能掌握要點。
N3	**對於日常生活中所使用的日語有約略概念** 【讀】1.能看懂與日常生活話題相關的具體文章,閱讀報紙標題等資訊時能掌握要點。 2.日常生活中接觸難度稍大的文章時,如改變陳述方法就能理解重點。 【聽】日常生活中聽到接近一般速度且連貫的對話時,稍微整合對話內容及人物關係等資訊後,就能大致理解內容。
N4	**能理解基礎日語** 【讀】能看懂以基本詞彙、漢字所描述的貼近日常生活話題的文章。 【聽】能大致聽懂速度稍慢的日常對話。
N5	**對於基礎日語有約略概念** 【讀】能看懂以平假名、片假名、或是常用於日常生活的基本漢字所寫的句型、短文及文章。 【聽】課堂、或日常生活中,聽到速度較慢的簡短對話時,能聽懂必要的資訊。

4. 台灣區新日檢報考資訊

（1）**實施機構:**財團法人語言訓練測驗中心（02）2362-6385

（2）**測驗日期:**每年舉行兩次測驗

　第一次:7月第一個星期日,舉行 N1、N2、N3、N4、N5 考試。

　第二次:12月第一個星期日,舉行 N1、N2、N3、N4、N5 考試。

（3）**測驗地點:**於台北、台中、高雄三地同時舉行。

（4）**報名時間:**第一次:約在 4 月初～4 月中旬。

　　　　　　　　第二次:約在 9 月初～9 月中旬。

（5）**報名方式:**一律採取網路報名 http://www.lttc.ntu.edu.tw/JLPT.htm

5. 報考流程：

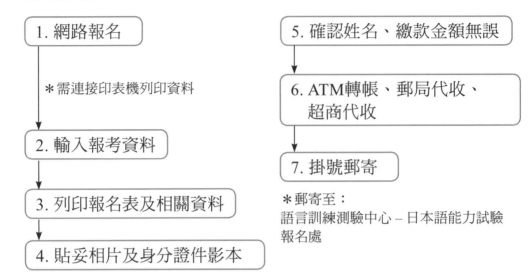

1. 網路報名

＊需連接印表機列印資料

2. 輸入報考資料

3. 列印報名表及相關資料

4. 貼妥相片及身分證件影本

5. 確認姓名、繳款金額無誤

6. ATM轉帳、郵局代收、超商代收

7. 掛號郵寄

＊郵寄至：
語言訓練測驗中心 – 日本語能力試驗
報名處

6. 考場規定事項：

(1) **必備物品：**准考證、國民身分證或有效期限內之護照或駕照正本、No.2或HB黑色鉛筆、橡皮擦。

(2) **考場內嚴禁物品：**不得攜帶書籍、紙張、尺、鉛筆盒、眼鏡盒、皮包，以及任何具有通訊、攝影、錄音、記憶、發聲等功能之器材及物品（如行動電話、呼叫器、收錄音機、MP3、鬧鐘/錶、翻譯機）等入座。若攜帶上述電子設備，須關閉電源並置於教室前面地板上。

(3) **身分核對：**進入試場後須依准考證號碼就座，並將准考證與身分證件置於監試人員指定處，以便查驗。

(4) **確認答案紙：**作答前，須核對答案紙及試題紙左上方之號碼是否與准考證號碼相符，如有錯誤，應立即舉手要求更換。並應確認答案紙上姓名之英文拼音是否正確，若有錯誤，應當場向監試人員提出更正。

(5) **入場時間：**【聽解】科目於開始播放試題時，即不得入場。其他科目則於測驗開始超過10分鐘，即不得入場。

(6) **其他：**測驗未開始不可提前作答，測驗中不得提前交卷或中途離場，也不得攜帶試題紙、答案紙出場，或意圖錄音、錄影傳送試題。

（＊規定事項可能隨時更新，詳細應考須知請至：財團法人語言訓練中心 網站查詢）

新日檢 N5 題型概要 （資料來源：2012 年「日本語能力試驗公式問題集」）

測驗科目（測驗時間）			問題		小題數	測驗內容	題型說明頁碼
言語知識（25分）	文字・語彙	1	漢字發音	◇	10	選出底線漢字的正確發音	P10
		2	漢字、片假名寫法	◇	8	選出底線假名的漢字、片假名	P11
		3	文脈規定	◇	10	根據句意填入適當的詞彙	P12
		4	近義替換	○	5	選出與底線句子意義相近的句子	P13
言語知識・讀解（50分）	文法	1	句子語法 1（文法判斷）	○	16	選出符合句意的文法表現	P14
		2	句子語法 2（文句重組）	◆	5	組合出文法正確且句意通達的句子	P15
		3	文章語法	◆	5	根據文章脈絡填入適當的詞彙	P16
	讀解	4	內容理解（短篇文章）	○	3	閱讀 80 字左右與【學習、生活、工作】相關、內容較為簡單的短篇文章，並理解其內容。	P17
		5	內容理解（中篇文章）	○	2	閱讀 250 字左右以【日常生活的話題、場面】為題材、內容較為簡單的中篇文章，並理解其內容。	P18
		6	資訊檢索	◆	1	從【導覽、通知】等資料（約 250 字左右）找尋答題必要資訊。	P19
聽解（30分）		1	課題理解	◇	7	測驗應試者是否理解解決具體課題的必要資訊，並理解何者為恰當因應	P20
		2	重點理解	◇	6	事先會提示某一重點，並圍繞此一重點不斷討論，測驗應試者是否全盤理解（2010 ～ 2012 年部分題目為有圖題）	P21
		3	發話表現	◆	5	一邊看插圖、一邊聽狀況說明，並選出箭頭所指者的適當發言	P22
		4	即時應答	◆	6	聽到簡短的問話，選出恰當的應答	P23

※ 表格內符號說明：
　　◆：全新題型　　　○：舊制原有題型　　　◇：舊制原有題型，但稍做變化。
※「小題數」為預估值，正式考試可能會有所增減。
※「讀解」科目也可能出現一篇文章搭配數個小題的題目。

新日檢 N5 題型說明 & 應試對策

文字・語彙　問題 1　漢字發音

● 小題數：10 題
● 測驗內容：選出底線漢字的正確發音

【問題例】

> **8** 東京地方は　台風の　<u>被害</u>は　少ないです。
> 　　1　ひはい　　　2　ひがい　　　3　びがい　　　4　ぴがい
>
> **9** 作品を　<u>出品</u>します。
> 　　1　でしな　　　2　でひん　　　3　しゅひん　　　4　しゅっぴん

【應試對策】

面對題目要「快答」：
新制考試中，漢字發音已非考題重點，【文字・語彙】科目中有許多靈活的題型會耗費你較多時間，所以【問題 1】這種單純的考題一定要「快答」，不要猶豫太久而浪費時間，不會的題目先跳過。

要注意「濁音、半濁音、拗音、促音、長音」
這些發音細節一定是必考題，面臨猶豫、無法確定時，通常，相信自己的第一個直覺答對的機率較高。

「發音有三個以上假名的漢字」是舊制常考題，新制應該也不例外。
「暖かい」、「短い」都是屬於這一類的漢字，一個漢字的發音有三個假名。平常準備時就要注意假名的前後順序，不要漏記任何一個假名。

新日檢 N5 題型說明 & 應試對策

文字・語彙 問題 2 漢字、片假名寫法

● 小題數：8 題
● 測驗內容：選出底線假名的漢字、片假名

【問題例】

---

15 電子れんじで　温めます。
　　1 レンジ　　　　2 リンジ　　　　3 レソジ　　　　4 レツジ

16 政治には　かんしんが　ないです。
　　1 歓心　　　　2 甘心　　　　3 感心　　　　4 関心

【應試對策】

面對題目要「快答」：
如前所述，發音題已非新制考試重點，【文字・語彙】科目中有許多靈活的題型會耗費你較多時間，所以和【問題 1】一樣，要「快答」、不會的題目先跳過。

要注意「特殊發音」、「訓讀」的漢字
「音讀」的漢字，容易猜對發音，而「訓讀」的漢字，就得花些時間記熟。對於「特殊發音」的漢字，不妨日積月累、隨時記錄下來，成為自己的特殊字庫。

熟記片假名的寫法。
新制考題中，除了考漢字的寫法之外，另外還有平假名與片假名的對應考題。平常可多留意一些常用外來語的詞彙，熟記片假名的寫法。

別誤入陷阱，有些根本是中文，日文裡沒有這樣的漢字！
別受中文的影響，有些看來非常正常的詞彙，在日文裡是「無此字」的。給你的建議是，選項裡你從沒看過的漢字詞彙，極可能是日文裡不存在的，成為正解的機率不高。

新日檢 N5 題型說明 & 應試對策

文字・語彙　問題 3　文脈規定

● 小題數：10 題
● 測驗內容：根據句意填入適當的詞彙

【問題例】

> **23** 犬を（　　　　）散歩に 行きます。
>   1 持って　　　2 連れて　　　3 引いて　　　4 かけて
>
> **24** 家の 人に かぜを（　　　　）しまいました。
>   1 かけて　　　2 もって　　　3 とって　　　4 うつして

【應試對策】

必須填入符合句意的詞彙，主要是測驗你的單字量、單字理解力是否充足！
作答此題型，是否理解題目和選項的意義，是答對的關鍵。如果看不懂題目和選項，幾乎只能依賴選項刪去法和猜題的好運氣了。

大量熟記常用、慣用說法！
此題型填入的詞彙多半是動詞、名詞或形容動詞（な形容詞），多半屬於日文的常用或慣用說法，所以只能填入特定詞彙，否則是沒有意義的。

搭配圖片，選擇最適當的詞彙。
新制考題中，除了以文字呈現的考題之外，另外還有搭配圖片，選出適當詞彙的考題。所以作答時不要只注意文字部分，還要兼顧圖片所傳達的訊息！因為極有可能四個選項都是符合句意的，但還是要以能夠搭配圖片的選項為優先考量。

四個選項中，如果有兩者的意義非常接近，可能是正解的方向！
如果有兩個選項意義非常接近，可能其中一個是正解，另一個是故意誤導你的。

新日檢 N5 題型說明 & 應試對策

文字・語彙　問題 4　近義替換

● 小題數：5 題
● 測驗內容：選出與底線句子意義相近的句子

【問題例】

> **30** 彼女は　とても　明るいです。
> 　1　彼女は　頭が　いいです。
> 　2　彼女は　目が　いいです。
> 　3　彼女は　背が　高いです。
> 　4　彼女は　よく　笑います。

【應試對策】

作答時必須先細心判讀底線句子的意義！

觀察四個選項與底線句子的差異，專注於差異部分！
此題型底線句子與選項多為相同結構，作答時要仔細觀察四個選項與底線句子的差異部分，再選擇一個與底線句子"表達方式不同，但意義相近"的答案。

平時可透過自我聯想，在腦中累積「同義字資料庫」！
平時不妨善用聯想法，先想一個主題字，試試自己能夠聯想到哪些同義字。或建立「同義字資料庫」，先寫下主題字，再逐步記錄、累積意思相近的詞彙，如此不僅能應付本題型，對於其他題型一定也大有助益。

文法　問題 1　句子語法 1（文法判斷）

● 小題數：16 題
● 測驗內容：選出符合句意的文法表現

【問題例】

---

3 子供（　　　）お年寄りまで 楽しめます。

　　1 など　　　　2 とか　　　　3 では　　　　4 から

4 ここ（　　　）帰って きて ください。

　　1 に　　　　2 で　　　　3 が　　　　4 の

【應試對策】

選項多為：助詞（格助詞、副助詞…等）、慣用表達、字尾差異、接續詞

考題的重點在於助詞與文法接續，是許多人最苦惱的抽象概念！
日語的助詞、接續詞等，往往本身只具有抽象概念，一旦置入句中，才產生具體而完整的意義，這就是本題型的測驗關鍵。一般而言，閱讀量夠、日語語感好的人，比較容易答對本題型。

做模擬試題時，不要答對了就滿足，還要知道「錯誤選項為什麼是錯的」！
本書針對模擬試題的錯誤選項也做了詳盡解析，逐一閱讀絕對能體會這些抽象概念的接續意含，提升日語語感。

平時閱讀文章時，最好將助詞、接續詞、字尾變化的部分特別圈選起來，並從中體會前後文的接續用法！

新日檢 N5 題型說明 & 應試對策

| 文法　問題 2 | 句子語法 2（文句重組） |

● 小題數：5 題
● 測驗內容：組合出文法正確且句意通達的句子

【問題例】

> [17] 危ない ＿＿＿＿ ★ ＿＿＿＿ ＿＿＿＿ ＿＿＿＿ で ください。
>
> 　1　この　　　　　　　　　　　　2　ので
>
> 　3　さわらない　　　　　　　　　4　機械に

【應試對策】

—— 此為舊制沒有的新題型，必須選出「★的位置，該放哪一個選項」。

—— 建議 1：四個選項中，先找出「兩個可能前後接續」的選項，再處理其他兩個。

—— 建議 2：也可以先看問題句前段，找出「最適合第一個底線」的選項。
處理後，剩下的三個選項再兩兩配對，最後一個選項則視情況調整。

—— 問題句重組完成後，務必從頭至尾再次確認句意是否通順。

—— 要記得，答案卡要畫的，是放在★位置的選項號碼。

新日檢 N5 題型說明 & 應試對策

文法　問題3　文章語法

● 小題數：5 題
● 測驗內容：根據文章脈絡填入適當的詞彙

【問題例】（以下為部分內容）

みなさんは、パソコンの　壁紙(かべがみ)、 **22** を　使(つか)って　いますか？
趣味(しゅみ)や　スポーツに　関連(かんれん)した　もの、あるいは　キレイな
おねーさん、あるいは　美(うつく)しい　風景(ふうけい)。人(ひと)に　**23**　違(ちが)うでしょう
し、季節(きせつ)や　気分(きぶん)でも　変(か)わるでしょう。

【應試對策】

—— 此為舊制沒有的新題型，一篇文章中有 5 個空格，要選出空格的恰當詞彙。

—— 所謂的「恰當詞彙」，是指「吻合文意走向的詞彙」，並非以單一句子來判斷。

—— 作答前務必瀏覽整篇文章，並在文意轉折處註記，可節省之後找線索的時間。

—— 瀏覽文章時，可先預想、並記下空格內的可能詞彙（用中文或日文記錄都可以）。

—— 要從前後文推敲空格內的可能詞彙，不要只聚焦在空格所在的那一個句子。
本題型的正確選項，必須「合乎文章脈絡發展」，千萬不要只看單一句子，以為文法接續正確就是正解。

新日檢 N5 題型說明 & 應試對策

| 読解　問題4 | 內容理解（短篇文章） |

● 小題數：3 題
● 測驗內容：閱讀 80 字左右與【學習、生活、工作】相關、內
　　　　　容較為簡單的短篇文章，並理解其內容。

【問題例】

「みなさん、今日は　時間割が　変わります。三時間目の
社会は　体育に、四時間目の　算数は　国語に　なります。一
時間目の　図工と、二時間目の　音楽は　変わりません。」

【應試對策】

建議先看題目和選項，再閱讀文章。
先看題目：能夠預先掌握考題重點，閱讀文章時，就能邊閱讀、邊找答案。
先看選項：有助於預先概括了解短文的內容。

新制考題的改變：選項可能是「圖片」。
新制考題中，除了選項是「文字」的考題外，還有選項是「圖片」的考題。兩者的
作答技巧差異不大，但要注意圖片的細節，因為可能每個選項的圖片極為類似，但
有些微差異。

閱讀文章時，可以將與題目無關的內容畫線刪除，有助於聚焦找答案。

務必看清問題、正確解讀題意，否則都是白費工夫。

本題型的題目通常會「針對某一點」提問，可能的方向為：
・正確的敘述是什麼？
・與文章相符的是哪一個？　文章中的「…」是指什麼？

新日檢 N5 題型說明 & 應試對策

読解　問題 5　　內容理解（中篇文章）

● 小題數：2 題
● 測驗內容：閱讀 250 字左右以【日常生活的話題、場面】為題
　　　　　　材、內容較為簡單的中篇文章，並理解其內容。

【問題例】（以下為部分內容）

> 　入った　お店で、気に　入らない　ことが　あったら　どうします
> か？
> 　たいていの　国の　人は、店の　人や　店長に　文句を　言うのが
> ふつうのようです。

【應試對策】

一篇文章可能考兩個問題，問題會以「綜合性的全盤觀點」提問。

建議先閱讀題目，並稍微瀏覽選項，可以預先概括了解文章內容。

可從文章脈絡掌握重點。
本題型的文章通常有一定的脈絡。第一段：陳述主題。中間段落：舉實例陳述、或
是經驗談。最後一段：結論。

本題型可能的方向為：
・文章中所指的是什麼？
・與文章相符的是哪一個？
・文章中提到的，其原因是什麼？

新日檢 N5 題型說明 & 應試對策

読解　問題6　資訊檢索

● 小題數：1題
● 測驗內容：從【導覽、通知】等資料（約250字左右）找尋答題必要資訊。

【問題例】（以下為部分內容）

～コーポサンディの　ゴミ捨ての　ルール～

燃える　ゴミ	生ゴミや、使用済み　ティッシュペーパーなど　リサイクルできない　もの。 捨てる　場所：A 捨てる　日は　毎週　月曜日と　木曜日。
燃えない　ゴミ	プラスチック類、CDや　ビデオテープ。 捨てる　場所：B 捨てる　日は　毎週　火曜日と　土曜日。

【應試對策】

——此為舊制所沒有的新題型，必須從所附資料尋找答題資訊。

——測驗重點並非文章理解力，而在於解讀資訊的「關鍵字理解力」。

——建議先看題目掌握問題方向，再從所附資料找答案，不需要花時間鑽研全部資料。

——也不建議直接瀏覽所附的資料，最好一邊看題目，一邊從所附資料中找線索。

新日檢 N5 題型說明 & 應試對策

聦解　**問題 1**　課題理解

● 小題數：7 題
● 測驗內容：測驗應試者是否理解解決具體課題的必要資訊，並理解何者為恰當因應。

【問題例】

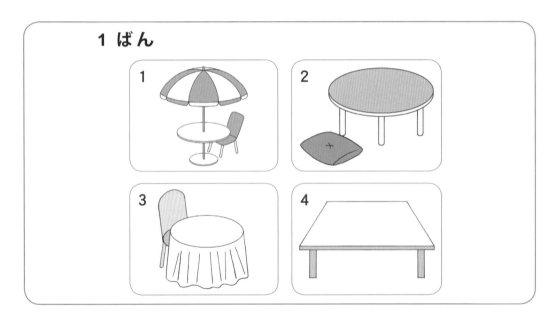

【應試對策】

此題型除了「文字選項」的考題，也會出現「圖片選項」的考題。

全部流程是：
音效後開始題型說明 → 音效後題目開始 → 聆聽說明文及「問題」 → 約間隔 1 ～ 2 秒後聽解全文開始 → 全文結束，音效後再重複一次「問題」 → 有 12 秒的答題時間，之後便進入下一題。

可能考的問題是「是哪一位、時間要多久、是什麼東西」等，記得一邊聽、並做筆記。

新日檢 N5 題型說明 & 應試對策

聽解　問題 2　重點理解

● 小題數：6 題
● 測驗內容：事先會提示某一重點，並圍繞此一重點不斷討論，
　　　　　　測驗應試者是否全盤理解。

【問題例】

> # 1 ばん
>
> 1　がっこう
>
> 2　デパート
>
> 3　としょかん
>
> 4　くつや

【應試對策】

────試卷上只會看到選項，沒有圖，某些題目的選項文字可能比較多。

────全部流程是：
音效後開始題型說明 → 音效後題目開始 → 聆聽說明文及「問題」→ 約間隔 1 ～
2 秒後聽解全文開始 → 全文結束，音效後再重複一次「問題」→ 有 12 秒的答題
時間，之後便進入下一題。

────前後各會聽到一次「問題」。聽解全文有兩人對話，也可能有單人獨白。

────聆聽全文時，要特別留意有關選項的內容。

新日檢 N4 題型說明 & 應試對策

　聽解　問題 3　　發話表現

● 小題數：5 題
● 測驗內容：一邊看插圖、一邊聽狀況說明，並選出箭頭所指者的適當發言。

【問題例】

もんだい 3 ◎ 04

もんだい 3 では、えを　みながら　しつもんを　きいて　ください。→
（やじるし）の　ひとは　なんと　いいますか。1 から 3 の　なかから、
いちばん　いい　ものを　ひとつ　えらんで　ください。

1 ばん

【應試對策】

此為舊制沒有的新題型，試卷上只有「圖」，問題、選項都要用聽的。

圖片多為兩個人物，某一人物上方會有一個箭頭。聽完說明文及問題後，必須選出箭頭所指者的適當發言與回應。

說明文內容不多，多半陳述人物關係與當時情境，之後就緊接著唸出問題，務必專心聽，才不會遺漏。

全部流程是：
音效後開始題型說明 → 音效後題目開始 → 聆聽說明文及問題 → 聽到選項 1 ～ 3 的數字及內容 → 10 秒的答題時間，之後便進入下一題。

新日檢 N5 題型說明 & 應試對策

聽解 問題4 即時應答

● 小題數：6 題
● 測驗內容：聽到簡短的問話，選出恰當的應答。

【問題例】

もんだい4 ◎ 05

もんだい4は、えなどが ありません。ぶんを きいて、1から3の
なかから、いちばん いい ものを ひとつ えらんで ください。

―メモ―

【應試對策】

―― 試卷上沒有任何文字，問題、選項都要用聽的。

―― 是舊制所沒有的新題型。先聽到一人發言，接著用聽的選擇「正確的回應選項」。

―― 全部流程是：
音效後開始題型說明 → 音效後題目開始 → 聽到一人發言 → 聽到選項 1 ～ 3 的數
字及內容 → 8 秒的答題時間，之後便進入下一題。

―― 本題型主要測驗日語中的正確應答，並可能出現日本人的生活口語表達法。

―― 須留意「對話雙方的身分」、「對話場合」、「首先發言者的確切語意」，才能選
出正確的回應。

新日檢 N5｜標準模擬試題

目錄 ●

第 ❶ 回

言語知識（文字・語彙）
｜

言語知識（文法）・読解
｜

聴解
｜

もんだい1　＿＿＿＿＿の　ことばは　ひらがなで　どう　かきますか。
1・2・3・4から　いちばん　いい　ものを　ひとつ
えらんで　ください。

（れい）

ほんを　買います。

1　がい　　　　2　こい　　　　3　あい　　　　4　かい

（かいとうようし）　| （れい） | ① ② ③ ● |

1　わたしが　相手を　します。
　　1　あいて　　　2　そうて　　　3　あいしゅ　　　4　そうしゅ

2　英語を　教わりました。
　　1　おしわりました　　　　　　2　おそわりました
　　3　おとわりました　　　　　　4　おさわりました

3　あの　計画は　流れました。
　　1　もれました　　　　　　　　2　すたれました
　　3　はなれました　　　　　　　4　ながれました

4　電池が　なくなりました。
　　1　てんち　　　2　でんち　　　3　でんじ　　　4　でんいけ

5　彼は　毎回　言う　ことが　ちがいます。
　　1　まいかい　　2　まんかい　　3　めいかい　　4　めんかい

6 <u>家内</u>とは　去年　結婚しました。
　　1　いえない　　2　うちない　　3　かない　　　4　かうち

7 彼は　<u>覚え</u>が　よくないです。
　　1　たとえ　　　2　そろえ　　　3　ならえ　　　4　おぼえ

8 東京地方は　台風の　<u>被害</u>は　少ないです。
　　1　ひはい　　　2　ひがい　　　3　びがい　　　4　ぴがい

9 作品を　<u>出品</u>します。
　　1　でしな　　　2　でひん　　　3　しゅひん　　4　しゅっぴん

10 この　ボタンで　音楽が　<u>再生</u>されます。
　　1　さいなま　　2　さいたま　　3　さいせい　　4　さいしょう

もんだい2 ＿＿＿＿の ことばは どう かきますか。1・2・3・4
　　　　　から いちばん いい ものを ひとつ えらんで
　　　　　ください。

11 この パソコンは おそすぎます。
　　1 高すぎます　　　　　　　　2 拙すぎます
　　3 臭すぎます　　　　　　　　4 遅すぎます

12 この 前の 試験を かえします。
　　1 反します　　2 帰します　　3 返します　　4 還します

13 友達に 傘を かしました。
　　1 借しました　2 貸しました　3 科しました　4 化しました

14 会社紹介の ぱんふれっとを 作りました。
　　1 パンクレット　　　　　　　2 パンフリット
　　3 パンフレット　　　　　　　4 パンコレット

15 電子れんじで 温めます。
　　1 レンジ　　　2 リンジ　　　3 レソジ　　　4 レツジ

16 政治には かんしんが ないです。
　　1 歓心　　　　2 甘心　　　　3 感心　　　　4 関心

17 そくたつで 手紙を 出しました。
　　1 足達　　　　2 即達　　　　3 速達　　　　4 促達

18 あの 映画は とても くらいです。
　　1 暗い　　　　2 黒い　　　　3 臭い　　　　4 寒い

もんだい3 （　　　）に　なにを　いれますか。1・2・3・4から
　　　　いちばん　いい　ものを　ひとつ　えらんで
　　　　ください。

19 荷物を　たな　から　（　　　　）。
　　1　おります　　2　おちます　　3　おとします　4　おろします

20 休日は　山に　（　　　　）。
　　1　のりました　　　　　　　　2　のぼりました
　　3　のこりました　　　　　　　4　のぞきました

21 暗く　なったので　あかりを　（　　　　）。
　　1　だします　　2　みます　　　3　いれます　　4　つけます

22 給食（きゅうしょく）を　みんなに　（　　　　）。
　　1　くばります　2　うつします　3　こぼします　4　あびせます

23 犬を　（　　　）　散歩に　行きます。
　　1　持って　　　2　連れて　　　3　引いて　　　4　かけて

24 家の　人に　かぜを　（　　　）　しまいました。
　　1　かけて　　　2　もって　　　3　とって　　　4　うつして

25 両手を　（　　　）　体操します。
　　1　あげて　　　2　さげて　　　3　まげて　　　4　とって

26 山の　姿が　水に　（　　　）　います。

1　のって　　　2　なって　　　3　はいって　　4　うつって

27 （　　　　）を　つけて　ポーズを　とります。

1　みぎてと　ひだりあし　　　　2　みぎひじと　ひだりひざ

3　みぎひじと　みぎあし　　　　4　ひだりてと　みぎあし

28 ボールが　（　　　）　行きました。

1　飛んで　　　2　転んで　　　3　転がって　　4　丸まって

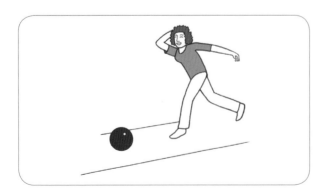

もんだい4 _____の ぶんと だいたい おなじ いみの
ぶんが あります。1・2・3・4から いちばん
いい ものを ひとつ えらんで ください。

29 たいへん いそがしいです。
1 する ことが たくさん あります。
2 やる ことが なくて つまらないです。
3 音が 大きくて うるさいです。
4 お金が 足りないです。

30 彼女は とても 明るいです。
1 彼女は 頭が いいです。
2 彼女は 目が いいです。
3 彼女は 背が 高いです。
4 彼女は よく 笑います。

31 わたしは お母さんに お金を もらいました。
1 お母さんは わたしに お金を くれました。
2 わたしは お母さんに お金を あげました。
3 わたしは お母さんに お金を 借りました。
4 わたしは お母さんに お金を 貸しました。

32 街で 彼を 見かけました。
1 約束して 彼と 街で 会いました。
2 彼に 会うため 街に 行きました。
3 街に 行ったら 彼を 見ました。
4 街に 行ったが 彼を 見ませんでした。

33 わたしは 久しぶりに ここに 来ました。
1 わたしは 初めて ここに 来ました。
2 わたしは 少し 前にも ここに 来ました。
3 わたしは 長い 間 ここに 来ませんでした。
4 わたしは ここに 来て 長い 間に なります。

限時 50 分鐘 ｜ 作答開始： ＿＿＿ 點 ＿＿＿ 分　　作答結束： ＿＿＿ 點 ＿＿＿ 分

もんだい 1 （　　　　）に 何を 入れますか。1・2・3・4から
　　　　　　 いちばん いい ものを 一つ えらんで ください。

（れい）

　わたしの 話（　　　　） 聞いて ください。

　　1 が　　　　　2 を　　　　　3 に　　　　　4 と

（かいとうようし）　｜ （れい）　① ● ③ ④ ｜

---

1 わたしは 緑（　　　　） 黄色などの 明るい 色が 好きです。

　　1 など　　　　2 では　　　　3 から　　　　4 とか

2 一緒に お茶（　　　　） 飲みませんか。

　　1 でも　　　　2 なら　　　　3 では　　　　4 とは

3 子供（　　　　） お年寄りまで 楽しめます。

　　1 など　　　　2 とか　　　　3 では　　　　4 から

4 ここ（　　　　） 帰って きて ください。

　　1 に　　　　　2 で　　　　　3 が　　　　　4 の

5 ノート（　　　　） なかったので メモ帳を 買いました。

　　1 を　　　　　2 も　　　　　3 が　　　　　4 と

6 わたし（　　　　） わかりません。

　　1 から　　　　2 とは　　　　3 には　　　　4 こそ

7 まじめ（　　　）勉強しました。

1　は　　　　　2　を　　　　　3　が　　　　　4　に

8 ご飯を 食べ（　　　）行きます。

1　る　　　　　2　が　　　　　3　を　　　　　4　に

9 大阪（　　　）おいしい ものが いっぱい あります。

1　には　　　　2　では　　　　3　とは　　　　4　から

10 彼に 聞けば 答えは わかる（　　　）思います。

1　とか　　　　2　かと　　　　3　かも　　　　4　では

11 先生（　　　）言う ことを 聞きます。

1　と　　　　　2　で　　　　　3　の　　　　　4　へ

12 彼女の 顔（　　　）おぼえて いません。

1　に　　　　　2　で　　　　　3　を　　　　　4　が

13 有名人が 歩いて いる（　　　）を 見ました。

1　と　　　　　2　も　　　　　3　の　　　　　4　こと

14 わたし（　　　）思って いる ことを あなたに 言います。

1　の　　　　　2　で　　　　　3　に　　　　　4　と

15 かご いっぱい（　　　）野菜を 入れます。

1　で　　　　　2　に　　　　　3　と　　　　　4　な

16 体（　　　）合わせて 服を 作ります。

1　を　　　　　2　は　　　　　3　が　　　　　4　に

もんだい2 ___★___ に 入る
(はい)
 ものは どれですか。1・2・3・4
から いちばん いい ものを 一つ えらんで
(ひと)
ください。

今日 _____ ___★___ _____ _____ 席です。
(きょう)   (せき)

    1 あなたの   2 が   3 から   4 ここ

（こたえかた）

1. ただしい 文を 作ります。
   (ぶん)(つく)

今日 _____ ___★___ _____ _____ 席です。
(きょう)   (せき)

3 から   4 ここ   2 が   1 あなたの

---

2. ___★___ に 入る ばんごうを くろく ぬります。
        (はい)

（かいとうようし） | （れい） | ① ② ③ ● |

---

17 危ない ___★___ _____ _____ _____ で ください。
    (あぶ)

  1 この   2 ので
  3 さわらない   4 機械に
                          (きかい)

18 これ _____ _____ ___★___ _____ です。

  1 わたしの   2 本
  3 は   4 学校の
                         (がっこう)

19 そのうち _____ _____ ___★___ _____ わかりません。

  1 行きたい   2 いつに なるか
   (い)
  3 ですが   4 遊びに
                     (あそ)

20 この _____ ★ _____ _____ 寒_{さむ}い ところです。

1 一番_{いちばん}   2 とても

3 地球_{ちきゅう}の   4 南_{みなみ}は

21 この 映画_{えいが}は _____ ★ _____ _____ わかりませ

ん。

1 面白_{おもしろ}いのか   2 どう

3 どこが   4 さっぱり

もんだい3 22 から 26 に 何を 入れますか。ぶんしょうの
　　　いみを かんがえて、1・2・3・4から いちばん
　　　いい ものを 一つ えらんで ください。

　　下は、小学校の 先生の 話です。

　人は、毎日 ちがいます。

　今 思って いる ことを ずっと その 22 覚えて いると
は 限りません。

　今 素晴らしい アイディアを 思い 23 とします。でも 明日
に なれば 忘れて しまって いる かもしれません。

　だから、どこかに 書いて 24 ならないのです。

　芸人は 「ネタ帳」を 持ち歩いて います。思った ことを
25 書く ためです。そう しないと、26 一生 思いつかな
い かもしれないからです。

22

1 とき　　　　　　　　2 こと

3 まま　　　　　　　　4 つど

23

1 ついた　　　　　　　2 だした

3 こんだ　　　　　　　4 かけた

24

1 みなければ　　　　　2 おかなければ

3 あげなければ　　　　4 やらなければ

25

1 まず　　　　　　　　2 まだ

3 もう　　　　　　　　4 すぐ

26

1 まず　　　　　　　　2 まだ

3 もう　　　　　　　　4 すぐ

もんだい4 つぎの (1) から (3) の ぶんしょうを 読んで、し
つもんに こたえて ください。こたえは、1・2・3
・4から いちばん いい ものを 一つ えらんで
ください。

(1)

> 「みなさん、今日は 時間割が 変わります。三時間目の
> 社会は 体育に、四時間目の 算数は 国語に なります。一
> 時間目の 図工と、二時間目の 音楽は 変わりません。」

27 変更後の 時間割は どれですか。
  1 社会-体育-算数-国語
  2 社会-算数-図工-音楽
  3 図工-音楽-社会-算数
  4 図工-音楽-体育-国語

（2）

> 「世の中 知らない ほうが いい ことも ある」って
> 言うけど、それは 前に 進む こと、生きる ことを あきらめ
> た 考えだと 思います。知ってから どうするか、それが 人
> 生だと 思います。
>
> （ある女性のネット発言より）

28 知らない ほうが いい こととは、どんな 内容ですか。

1 知ったら 楽しく なる こと。

2 知ったら イヤな 気持ちに なる こと。

3 知ったら 人を 傷つける こと。

4 知っても 役には たたない こと。

(3)

わたしたちの　クラスでは、教室で　虫を　飼って　います。
とても　力の　つよい　虫です。頭に　角が　あって、色は　黒
くて　とても　硬いです。

29 教室で　どんな　虫を　飼って　いますか。

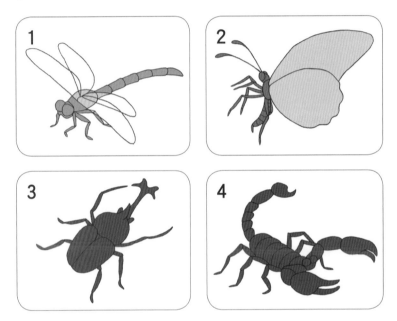

もんだい5 つぎの ぶんしょうを 読んで、しつもんに こたえて
　　　　　ください。こたえは、1・2・3・4から いちばん
　　　　　いい ものを 一つ えらんで ください。

どうして、おなかが 減るのでしょう?

　わたしたちの 体は、毎日 壊れて います。簡単に 言うと、機
械と ちがって 動いたり 考えたり する たびに 少しずつ 体
が 減って いくのです。動いたり 考えたり しなくても、息を し
たり ないぞうを 動かす ことは 必要です。その ために やは
り、体は 減って いくのです。

　わたしたちは 壊れた 体を もどす ために、食事を します。
壊れた 体を もどすには、肉とか 野菜とか 果物とか、色々な
食べ物が 必要です。

　おなかが 減るのは 「体が 壊れたから 食事を して もどし
て ください」と 言う、体の 意思なのです。

　全然 動かなくても、壊れた 体を もどす ために 必要な エ
ネルギーを 「きそたいしゃ」と 言います。これは、個人で ち
がいます。

（伊賀久野道「子供の栄養学」快生社より）

30 筆者は、食事は どのような ものだと 言って いますか。
　1 おなかを 満たす もの。
　2 心を 楽しく する もの。
　3 病気を 治す もの。
　4 体を 作る もの。

31 「きそたいしゃ」を 言い換えると、どれが 正しいですか。
1 体が 一日に 壊れる 早さ。
2 動かなくても 体が 一日に 必要な 食事の 量。
3 一日に 食べた 食事の 量の 平均。
4 普通の 人が 一日に 必要な エネルギー。

もんだい6 つぎの ページを 見^みて、下^{した}の しつもんに こたえ
て ください。こたえは、1・2・3・4から いちばん
いい ものを 一^{ひと}つ えらんで ください。

32 液体^{えきたい}タレを 最後^{さいご}に 入^いれるのは どうしてですか。

1 最後^{さいご}に 入^いれた ほうが おいしく できるから。

2 最初^{さいしょ}に 入^いれると 麺^{めん}が 固^{かた}い まま ほぐれないから。

3 粉末^{ふんまつ}スープと 混^まざると おいしくないから。

4 化学変化^{かがくへんか}を 起^おこして 危険^{きけん}ですから。

カップめんの作り方

① ふたを 開けて 粉スープ、かやく、液体タレ（調味料）を 取り出します。

② かやくと 粉スープを 入れて お湯を 内側の 線まで 注ぎます。

③ ふたを して ３分間 待ちます。

④ 最後に 食べる 前に 液体タレを 入れて よく かき混ぜて お召し上がりください。

その 向こう 側には 注意も ありました。

1）やけどに 注意して ください。

2）水では 調理できません。

3）電子レンジでは 調理できません。

4）そのままでは 食べれません。

5）においが 移るので においの ある 物と いっしょに しないで ください。

6）液体タレは 必ず 召し上がる 前に 入れて ください。

（液体タレには、油が 入って います。お湯を 入れる 前に 油を 入れると、麺が 柔らかく なりません。）

＊出題協力：杉崎秀明

もんだい 1 ◎ 02

もんだい 1 では、はじめに　しつもんを　きいて　ください。それから
はなしを　きいて、もんだいようしの　1から4の　なかから、いちばん
いい　ものを　ひとつ　えらんで　ください。

1 ばん

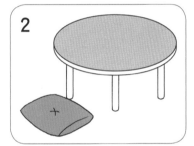

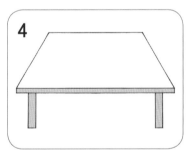

2 ばん

3 ばん

1 おさらを　あらう

2 にくを　おさらに　いれる

3 えのきを　きる

4 えのきを　おさらに　いれる

4 ばん

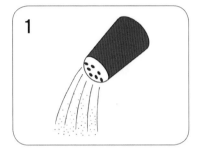

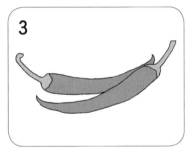

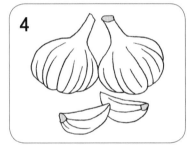

5 ばん

6 ばん

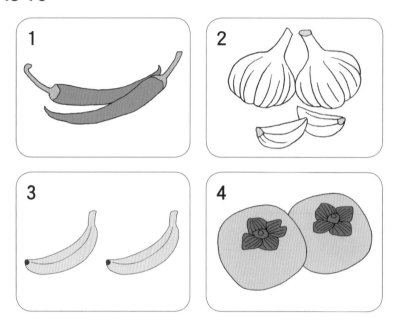

7 ばん

1 さいしょの　4ぶんの1と　さいごの　4ぶんの1

2 せっきじだいと　めいじじだい

3 めいじじだいと　えどじだい

4 まんなかの　2ぶんの1

もんだい2 ◎ 03

もんだい2では、はじめに　しつもんを　きいて　ください。それから
はなしを　きいて、もんだいようしの　1から4の　なかから、いちばん
いい　ものを　ひとつ　えらんで　ください。

1 ばん

    1　がっこう

    2　デパート

    3　としょかん

    4　くつや

2 ばん

    1　2じかん

    2　3じかん

    3　5じかん

    4　8じかん

3 ばん

    1 5402-3920

    2 5402-9320

    3 5042-3920

    4 5042-9320

4 ばん

    1 うみで　つりを　した

    2 こうえんで　さんぽした

    3 としょかんで　べんきょうした

    4 としょかんで　ほんを　よんだ

5 ばん

1 こしょう

2 しょうゆ

3 とうがらし

4 にんにく

6 ばん

1 じてんしゃ

2 あるく

3 バス

4 でんしゃ

もんだい3 ◎ 04

もんだい3では、えを みながら しつもんを きいて ください。→
（やじるし）の ひとは なんと いいますか。1から3の なかから、
いちばん いい ものを ひとつ えらんで ください。

1 ばん

2 ばん

3 ばん

4 ばん

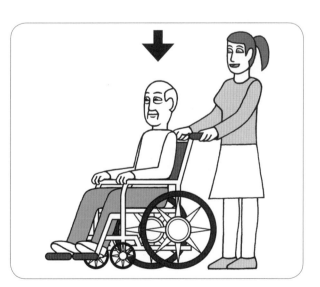

5 ばん

もんだい4 ◎ 05

もんだい4は、えなどが ありません。ぶんを きいて、1から3の なかから、いちばん いい ものを ひとつ えらんで ください。

― メモ ―

1 ばん   4 ばん

2 ばん   5 ばん

3 ばん   6 ばん

第 ❷ 回

言語知識（文字・語彙）

言語知識（文法）・読解

聴解

第 2 回 言語知識（文字・語彙）

限時 25 分鐘　作答開始：＿＿＿ 點 ＿＿＿ 分　　作答結束：＿＿＿ 點 ＿＿＿ 分

もんだい1 ＿＿＿＿＿の　ことばは　ひらがなで　どう　かきますか。
1・2・3・4から　いちばん　いい　ものを　ひとつ
えらんで　ください。

（れい）

ほんを　買います。

1　がい　　　　2　こい　　　　3　あい　　　　4　かい

（かいとうようし）

（れい）	① ② ③ ●

1　人が　大勢　います。
　　1　たいせい　　2　おおせい　　3　おおぜい　　4　たくさん

2　さとうを　入れて　甘く　しました。
　　1　あさく　　　2　あかく　　　3　あおく　　　4　あまく

3　彼が　来ると　場が　盛り上がります。
　　1　もり　　　　2　せり　　　　3　かり　　　　4　のり

4　バックの　音楽が　心地よいです。
　　1　きもち　　　2　ここち　　　3　こごじ　　　4　こころじ

5　この　服は　去年　買いました。
　　1　きゅねん　　2　きょねん　　3　しょねん　　4　ちょねん

6　この　試験は　全く　わからないです。
　　1　ぜんく　　　2　まったく　　3　おそらく　　4　すべからく

7 わがままは 許されないです。
　　1 さされない　　　　　　2 ゆるされない
　　3 いやされない　　　　　4 おとされない

8 愛犬とは 気心が 知れて います。
　　1 きしん　　2 きもち　　3 きあい　　4 きごころ

9 ＤＮＡで 同一人物と わかりました。
　　1 どいつ　　2 どういつ　　3 とういち　　4 どういち

10 薬の 作用で 眠く なりました。
　　1 さよう　　2 さくよう　　3 ぞうよう　　4 しよう

もんだい2 ＿＿＿＿の ことばは どう かきますか。1・2・3・4から いちばん いい ものを ひとつ えらんで ください。

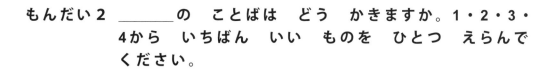
11 大学に しんがくしました。
1 昇学　　　2 伸学　　　3 進学　　　4 新学

12 昨日は 友達の 家に とまりました。
1 止まりました　　　　　2 停まりました
3 留まりました　　　　　4 泊まりました

13 ぶれーきを かけました。
1 グレーキ　2 ブテーキ　3 ブリーキ　4 ブレーキ

14 けさ 子犬が 生まれました。
1 明日　　　2 今日　　　3 今朝　　　4 昨夜

15 車に 乗って きぶんが 悪く なりました。
1 気持　　　2 気分　　　3 気性　　　4 気取

16 東京おりんぴっくは 1964年でした。
1 オジンピック　　　　　2 オランピック
3 オソンピック　　　　　4 オリンピック

17 彼女は やさしいです。
1 易しい　　　2 優しい　　　3 美しい　　　4 楽しい

18 クリーニングは ようかに できます。
1 四日　　　2 八日　　　3 九日　　　4 二十日

もんだい3 （　　　）に　なにを　いれますか。1・2・3・4から
　　　　　　いちばん　いい　ものを　ひとつ　えらんで
　　　　　　ください。

19　車が　ゆっくりと　（　　　　）　います。
　　　1　歩いて　　　　2　走って　　　3　飛んで　　　4　滑って

20　心配を　（　　　　）　すみません。
　　　1　もって　　　　2　いれて　　　3　かけて　　　4　のせて

21　わたしは　友達の　宿題を　そっくり　（　　　　）。
　　　1　写しました　2　書きました　3　取りました　4　動かしました

22　目を　（　　　　）　想像します。
　　　1　しめて　　　　2　とじて　　　3　とめて　　　4　けして

23　会社を　作るには　お金が　（　　　　）。
　　　1　いります　　2　あります　　3　します　　　4　やります

24　ケーキの　上に　いちごを　（　　　　）。
　　　1　乗ります　　2　乗せます　　3　落とします　4　かけます

25　袋の　上を　（　　　　）　あります。
　　　1　開けて　　　　2　折って　　　3　丸めて　　　4　閉じて

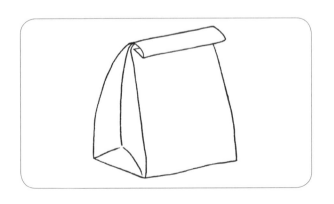

26 スイカを　（　　　　）。

1　殴りました　　　　　　　2　当たりました

3　壊しました　　　　　　　4　割りました

27 資料を　（　　　）　います。

1　さがして　　2　コピーして　3　あつめて　　4　ひろって

28 服の　汚れを　（　　　　）。

1　取ります　　2　持ちます　　3　付きます　　4　見ます

もんだい4 _____の ぶんと だいたい おなじ いみの ぶんが あります。1・2・3・4から いちばん いい ものを ひとつ えらんで ください。

29 電話を 切りました。
1 電話を 壊しました。
2 電話を かけました。
3 電話を 終わりました。
4 電話が 故障しました。

30 お見合いなら、もう 結構です。
1 お見合いには、とても 興味が あります。
2 お見合いは、大変 いいと 思います。
3 お見合いは、したくないです。
4 お見合いは、とても したいです。

31 わたしは あなたの 味方です。
1 わたしは あなたを よく 知って います。
2 わたしは あなたが 好きです。
3 わたしは あなたを 助けます。
4 わたしは あなたと 同じです。

32 彼女は 変わって います。
1 彼女は いい 人ではありません。
2 彼女は 他の 人と ちがいます。
3 彼女は 変化が 大きいです。
4 彼女は 金持ちに なりました。

33 彼女は 顔が 広いです。
1 彼女は 頭が 大きいです。
2 彼女は 顔が 悪いです。
3 彼女は ともだちが 多いです。
4 彼女は 親切です。

□ 言語知識（文字・語彙）

☑ 言語知識（文法）・読解

□ 聴解

限時 50 分鐘 作答開始：＿＿ 點 ＿＿ 分　作答結束：＿＿ 點 ＿＿ 分

もんだい1（　　　）に 何を 入れますか。1・2・3・4から
　　　　　いちばん いい ものを 一つ えらんで ください。

（れい）

わたしの 話（　　　） 聞いて ください。

1 が　　　　2 を　　　　3 に　　　　4 と

（かいとうようし） | （れい） ① ● ③ ④

---

1 この やり方は 問題（　　　） あります。

1 と　　　　2 に　　　　3 を　　　　4 が

2 彼女は 数字（　　　） 強いです。

1 が　　　　2 を　　　　3 に　　　　4 で

3 彼は カステラが 好きな よう（　　　） よく 食べて います。

1 な　　　　2 に　　　　3 で　　　　4 と

4 彼は 一人（　　　） 来ました。

1 と　　　　2 も　　　　3 は　　　　4 で

5 夏が 暑い（　　　） 仕方ないです。

1 ので　　　2 では　　　3 のは　　　4 とは

6 頭（　　　） 下げて あいさつします。

1 が　　　　2 を　　　　3 と　　　　4 に

7 彼女は きらいな 男（　　　） さよならしました。

1 に　　　　2 で　　　　3 は　　　　4 を

8 あの 人（　　　） ともだちです。

1 では　　　　2 とは　　　　3 には　　　　4 から

9 ごはんを たべて（　　　） 歯を みがきます。

1 でも　　　　2 まで　　　　3 から　　　　4 では

10 荷物は 一まとめ（　　　） 置いて おきます。

1 にして　　　　2 として　　　　3 までに　　　　4 といって

11 この 注射は 泣く（　　　） 痛いです。

1 から　　　　2 まで　　　　3 ほど　　　　4 なら

12 あの 女優の ファンなので、少なくとも 三回（　　　） 見に
行くと 思います。

1 も　　　　2 は　　　　3 が　　　　4 で

13 この アイスコーヒーは 苦味（　　　） つよいです。

1 と　　　　2 を　　　　3 で　　　　4 が

14 趣味は 人（　　　） ちがいます。

1 ならば　　　　2 からは　　　　3 までは　　　　4 により

15 今日は 雨（　　　） ならないと 思います。

1 とは　　　　2 には　　　　3 まで　　　　4 では

16 空は どこ（　　　） 広いです。

1 からも　　　　2 までも　　　　3 とかも　　　　4 なども

もんだい2 ___★___ に 入る ものは どれですか。1・2・3・
　　　　　4から いちばん いい ものを 一つ えらんで
　　　　　ください。

（もんだいれい）

今日 _____ ___★___ _____ _____ 席です。

　　　1 あなたの　　　2 が　　　3 から　　　4 ここ

（こたえかた）

1. ただしい 文を 作ります。

今日 _____ ___★___ _____ _____ 席です。

3 から　　4 ここ　　2 が　　1 あなたの

2. ___★___に 入る ばんごうを くろく ぬります。

（かいとうようし）　（れい）　① ② ③ ●

17 今日の _____ _____ ___★___ _____ できて いました。

1 いつも　　　　　　　　2 おいしく
3 料理は　　　　　　　　4 より

18 小さい 頃 _____ _____ ___★___ _____ つく ことが
できて 幸せです。

1 ずっと　　　　　　　　2 したかった
3 仕事に　　　　　　　　4 から

19 彼は _____ ___★___ _____ _____ 聞き入れません。

1 固いから　　　　　　　2 言っても
3 頭が　　　　　　　　　4 何を

20 家から ＿＿＿＿＿ ＿＿＿＿＿ ＿＿＿＿＿ ＿★＿ かかります。

1 学校　　　　　　　　　2 三十分

3 電車で　　　　　　　　4 までは

21 彼は ＿＿＿＿＿ ＿＿＿＿＿ ＿＿＿＿＿ ＿★＿ します。

1 人の　　　　　　　　　2 失敗を

3 せいに　　　　　　　　4 自分の

もんだい3 22 から 26 に 何を 入れますか。ぶんしょうの いみを かんがえて、1・2・3・4から いちばん いい ものを 一つ えらんで ください。

下は、ある 中学生の 作文の 一部です。

　ドラマとか マンガなんかで、朝 起きて すぐ はみがきを する 22 を よく 見ますけど、あれって 本当なんでしょうか。

　その 23 朝食を 食べると、はみがき粉の 味で まずく なると 思うのですけど。

　それに、食べてから 歯を キレイに する 24 が 当たり前では？

　おかしいと 思って 同級生に 聞いて みると、朝 起きて 歯を みがき、25 朝食を 食べる 人も いるらしいです。

　理由を 聞くと 「食べる 前に 口を キレイに しないと バイキンが 入る 気が する」 からだそうです。

　26 うがいだけに すれば いいのに。

（續下頁）

22

1　と　　　　　　　　2　は

3　が　　　　　　　　4　の

23

1　とき　　　　　　　2　あと

3　から　　　　　　　4　まで

24

1　ほう　　　　　　　2　こと

3　とき　　　　　　　4　ひと

25

1　それほど　　　　　2　それまで

3　それから　　　　　4　それなら

26

1　それほど　　　　　2　それまで

3　それから　　　　　4　それなら

もんだい4 つぎの (1)から (3)の ぶんしょうを 読んで、し
つもんに こたえて ください。こたえは、1・2・3
・4から いちばん いい ものを 一つ えらんで
ください。

(1)

　「ウソつきは どろぼうの 始まり」って 言うけど、どろぼ

う、空巣、スリなどは みな 無言で する もの。それを 考

えると 「ウソつきは サギ師の 始まり」が 妥当ではない

のでしょうか。

（takashima ted sue の facebook より）

---

27 筆者が 「ウソつきは どろぼうの 始まり」は おかしいと
　 思うのは どうしてですか。

　 1 ウソを つく ことと どろぼうは 方向が ちがうから。

　 2 サギと どろぼうは 悪さの 程度が ちがうから。

　 3 ウソを ついただけでは 警察に つかまらないから。

　 4 人の ために つく ウソも あるから。

（2）

> 　お酒を　飲んだ　次の　日、頭が　痛く　なりませんか？これ
> は、体の　水分が　足りないので、脳から　水分が　とられるか
> らです。多めに　水を　飲めば、頭痛が　早く　治ります。
>
> （伊賀久野道「誰でもできる簡単医療」快生社より）

28 お酒を　飲んだ　次の　日に　頭が　痛く　なるのは　どうして
ですか。
1　頭の　水分が　体に　行くから。
2　体の　水分が　頭に　行くから。
3　体の　水分が　多すぎるから。
4　血が　頭に　上るから。

(3)

　昨日、友達の　お父さんが、おいしい　ものを　作って　くれ
ました。ごはんの　上の　魚や　いかは、とても　新鮮でした。
しょうゆで　食べると　おいしかったです。

29 この　人は、昨日　何を　食べましたか。

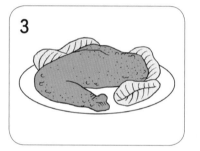

もんだい5 つぎの ぶんしょうを 読んで、しつもんに こたえて
ください。こたえは、1・2・3・4から いちばん
いい ものを 一つ えらんで ください。

　バットと ボールを 買ったら 合計 1ドル10セントでした。

　バットは ボールより 1ドル 高いのですが、ボールは いくらだ
ったでしょう？

　はい、答えは 10セント。簡単ですね。と 思った 方は 残念で
した。

　答えは 5セントです。

　間違えた 方は、たぶん 計算を とばして 直感で 答えたので
はないでしょうか？じつは これ、ハーバード大学や プリンストン
大学、マサチューセッツ工科大学でも、学生の 半数が 間違えて
いるんです。しかも、頭の いい 人ほど ダメだったそうです。

(Journal of Personality and Social Psychology via The New Yorker)

30 問題の 正しい 答えは、どれですか。
　1 5セント。
　2 10セント。
　3 1ドル。
　4 1ドル5セント。

31 それぞれの 正しい 値段は どれですか。

1 ボールが 10セントで バットが 1ドル。

2 ボールが 1ドルで バットが 1ドル10セント。

3 ボールが 5セントで バットが 1ドル5セント。

4 ボールが 10セントで バットが 1ドル10セント。

もんだい6 つぎの ページを 見て、下の しつもんに こたえ
て ください。こたえは、1・2・3・4から いちばん
いい ものを 一つ えらんで ください。

田中さんは 夏休みに 台湾に 旅行をしようと 考えて、
今日 旅行会社に 飛行機の チケットを 買いに きました。
　夏休みは 8月20日から 10日間 あります。その間、でき
るだけ 多く 台湾に 滞在したいです。そして 台湾で 美味
しい 小龍包を 食べたいです。できるだけ 節約して、安く
行きたいです。
　ホテルは 台北市の ホテルを 予約して います。田中さん
の 住んで いる 家から 空港まで 電車は 片道、名古屋
は 850円、東京は 3800円、大阪は 1800円 かかりま
す。

32 どの 航空券を 買うのが いいですか？
　　1 航空会社A
　　2 航空会社B
　　3 航空会社C
　　4 航空会社D

航空会社 A

往復２８０００円

名古屋　〜　台北

８月２０日から　７日間

航空会社 B

往復２６０００円

大阪　〜　台北

８月２０日から　７日間

航空会社 C

往復２３０００円

東　京　〜　台北

８月２０日から　７日間

航空会社 D

往復２２０００円

名古屋　〜　高雄

８月２０日から　７日間

もんだい1 ◎ 06

もんだい1では、はじめに　しつもんを　きいて　ください。それから
はなしを　きいて、もんだいようしの　1から4の　なかから、いちばん
いい　ものを　ひとつ　えらんで　ください。

1 ばん

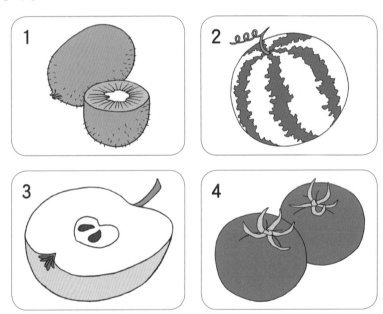

2 ばん

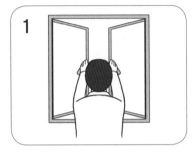

3 ばん

1 しょるいに　サインを　する

2 チェックを　つける

3 かいぎの　ないようを　かく

4 びこうの　ところを　かく

4 ばん

5 ばん

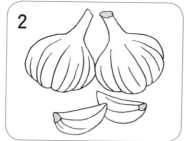

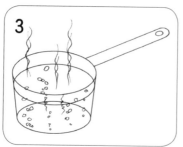

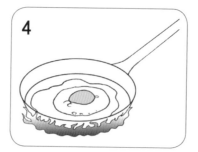

6 ばん

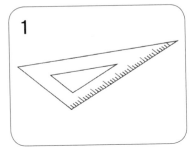

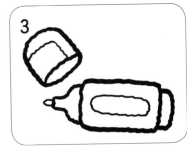

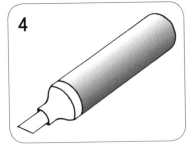

7 ばん

1　3ばん

2　5ばん

3　6ばん

4　7ばん

もんだい2 ◎ 07

もんだい2では、はじめに　しつもんを　きいて　ください。それから
はなしを　きいて、もんだいようしの　1から4の　なかから、いちばん
いい　ものを　ひとつ　えらんで　ください。

1 ばん

1　ファイル

2　メモのかみ

3　CD－R

4　ホッチキス

2 ばん

1　いちばん　みぎの　ひと

2　みぎから　にばんめの　ひと

3　みぎから　さんばんめの　ひと

4　みぎから　よんばんめの　ひと

3 ばん

1 イギリス

2 エジプト

3 アメリカ

4 イタリア

4 ばん

1 とんぼ

2 ちょう

3 かぶとむし

4 さそり

5 ばん

1 すいえい

2 マッサージ

3 パンの　きょうしつ

4 おんせん

6 ばん

1 しょるいと　いんかんと　サンプル

2 しょるいと　パンフレットと　いんかん

3 しょるいと　いんかんと　サンプルと　ほうこくしょ

4 しょるいと　いんかんと　パンフレットと　ほうこくしょ

もんだい3 ◎ 08

もんだい 3 では、えを みながら しつもんを きいて ください。→
（やじるし）の ひとは なんと いいますか。1から3の なかから、
いちばん いい ものを ひとつ えらんで ください。

1 ばん

2 ばん

3 ばん

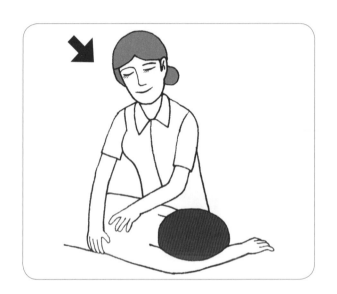

4 ばん

5 ばん

もんだい4 ◎ 09

もんだい 4 は、えなどが　ありません。ぶんを　きいて、1から3の
なかから、いちばん　いい　ものを　ひとつ　えらんで　ください。

―メモ―

1 ばん 　　　　　　　4 ばん

2 ばん 　　　　　　　5 ばん

3 ばん 　　　　　　　6 ばん

第 **3** 回

言語知識（文字・語彙）

｜

言語知識（文法）・読解

｜

聴解

｜

限時 25 分鐘　作答開始：＿＿＿點＿＿＿分　　作答結束：＿＿＿點＿＿＿分

もんだい1 ＿＿＿＿＿の　ことばは　ひらがなで　どう　かきますか。
1・2・3・4から　いちばん　いい　ものを　ひとつ
えらんで　ください。

（れい）

ほんを　買います。

1　がい　　　　2　こい　　　　3　あい　　　　4　かい

（かいとうようし）　│（れい）│① ② ③ ●│

1　この　カレーは　とても　辛いです。
　　1　つらい　　　2　からい　　　3　すらい　　　4　がらい

2　学力とは　テストの　点数ではありません。
　　1　がくりき　　2　がくれき　　3　がくりょく　　4　がくちから

3　あの　人は　なんか　怪しいです。
　　1　あやしい　　2　やましい　　3　くやしい　　4　おとなしい

4　この　テーブルは　汚いです。
　　1　きたない　　2　きかない　　3　はしたない　4　しかたない

5　奥の　部屋に　入りました。
　　1　ぶう　　　　2　へや　　　　3　べや　　　　4　ぶや

6　台所で　料理します。
　　1　たいしょ　　2　だいしょ　　3　たいところ　4　だいどころ

7 <u>角</u>を 曲がると タバコ屋が あります。

1 すみ 2 つの 3 かく 4 かど

8 歌が <u>苦手</u>です。

1 くて 2 くしゅ 3 にがて 4 にがしゅ

9 <u>手品</u>の 練習を します。

1 てしな 2 てじな 3 てひん 4 しゅひん

10 <u>売上</u>が 伸びました。

1 うりあげ 2 うりうえ 3 うりじょう 4 ばいじょう

☑ 言語知識(文字・語彙)

□ 言語知識(文法)・読解

□ 聴解

もんだい2 _____の ことばは どう かきますか。1・2・3・4
から いちばん いい ものを ひとつ えらんで
ください。

11 この マンガは 絵は 嫌いだけど すとーりーが おもしろい
と 思います。
1 フトーリー　　2 ストーリー　　3 タトーリー　　4 クトーリー

12 あの 映画の らすとシーンは 良かったです。
1 テスト　　　　2 フスト　　　　3 ラスト　　　　4 カスト

13 こうばんで 道を 聞きます。
1 行番　　　　　2 高番　　　　　3 交番　　　　　4 公番

14 彼女の 誕生日は はつかです。
1 四日　　　　　2 八日　　　　　3 九日　　　　　4 二十日

15 彼女の まじめさには かんしんします。
1 歓心　　　　　2 甘心　　　　　3 感心　　　　　4 関心

16 最近、仕事は こうちょうです。
1 校長　　　　　2 高超　　　　　3 好調　　　　　4 順調

17 この 子は もう ことばを しゃべれます。
1 言羽　　　　　2 事歯　　　　　3 言巴　　　　　4 言葉

18 そっちは ちがう ほうこうです。
1 高校　　　　　2 芳香　　　　　3 効能　　　　　4 方向

もんだい3 （　　　　）に　なにを　いれますか。1・2・3・4から
　　　　　いちばん　いい　ものを　ひとつ　えらんで
　　　　　ください。

19 銀行に　お金を　（　　　　）。
1 出します　　2 換えます　　3 入れます　　4 乗せます

20 薬が　（　　　）　眠く　なりました。
1 だして　　　2 もって　　　3 きいて　　　4 あって

21 料理に　しょうゆを　（　　　）。
1 おきます　　2 のせます　　3 おとします　　4 かけます

22 服に　コーヒーの　シミが　（　　　　）。
1 来ました　　　　　　　　　2 当たりました
3 起きました　　　　　　　　4 付きました

23 リボンを　（　　　　）　プレゼントを　渡します。
1 持って　　　2 付けて　　　3 当てて　　　4 取って

24 手紙を　家に　（　　　　）。
1 届きます　　2 届けます　　3 行きます　　4 行かせます

25 車の　運転席は　向かって　（　　　）に　あります。
1 右　　　　　2 左　　　　　3 前　　　　　4 後

26 (　　　　) から　ファイルを　出します。

1　机　　　　　　2　空箱　　　　　3　物置　　　　4　引き出し

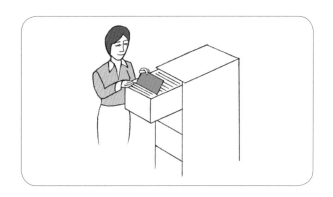

27 映画を　(　　　)　います。

1　みて　　　　2　もって　　　3　とって　　　4　うつして

28 タオルを　(　　　)　体操します。

1　もって　　　2　かけて　　　3　おいて　　　4　たたんで

もんだい4 ＿＿＿＿の ぶんと だいたい おなじ いみの
　　　　　　ぶんが あります。1・2・3・4から いちばん
　　　　　　いい ものを ひとつ えらんで ください。

29 昼食は パンで すませます。

1 昼食は パンが 好きです。

2 昼食に パンは よくないです。

3 昼食は パンが 食べたいです。

4 昼食は パンだけ 食べます。

30 コップを 手に 取りました。

1 コップを 買いました。

2 コップを 持ちました。

3 コップを 盗みました。

4 コップを 壊しました。

31 パーティーに さそわれました。

1 パーティーに 来ませんかと 言われました。

2 パーティーを やって くださいと 言われました。

3 パーティーの 準備を しました。

4 パーティーに 参加しました。

32 この 虫は めずらしいです。

1 この 虫は たくさん います。

2 この 虫は ゆうめいです。

3 この 虫は 数が 少ないです。

4 この 虫は 大きな 声で 鳴きます。

33 この 写真は なつかしいです。

1 この 写真は まだ 新しいです。

2 この 写真は とても 古いです。

3 この 写真は キレイに とれて います。

4 この 写真を 見ると むかしを 思い出します。

限時 50 分鐘　作答開始：＿＿＿ 點 ＿＿＿ 分　　作答結束：＿＿＿ 點 ＿＿＿ 分

もんだい1（　　　　）に 何を 入れますか。1・2・3・4から
　　　　　　　いちばん いい ものを 一つ えらんで ください。

（れい）

わたしの 話（　　　　）聞いて ください。

　1　が　　　　2　を　　　　3　に　　　　4　と

（かいとうようし）　（れい）　① ● ③ ④

1　彼は 見る（　　　　）強そうです。

　1　からに　　　2　までに　　　3　ことに　　　4　のでは

2　雨が 降る（　　　　）なく、遠足が 終わりました。

　1　までも　　　2　ことも　　　3　からも　　　4　ときも

3　電車は すぐ（　　　　）来ます。

　1　は　　　　2　で　　　　3　に　　　　4　と

4　何度（　　　　）練習しました。

　1　は　　　　2　も　　　　3　が　　　　4　に

5　赤信号で 車が 止まって いる 間（　　　　）、外に 出て 新聞を 買います。

　1　は　　　　2　と　　　　3　に　　　　4　で

6　今から（　　　　）間に 合うので、急いで 駅に 向かいます。

　1　でも　　　2　も　　　　3　とは　　　4　まで

□ 言語知識〈文字・語彙〉

☑ 言語知識〈文法〉・読解

□ 聴解

7 よく できて いて 本物（ほんもの）（　　　） 思（おも）います。

1　かと　　　　2　とか　　　　3　なら　　　　4　まで

8 ネコ（　　　） えさを あげます。

1　は　　　　　2　も　　　　　3　で　　　　　4　に

9 わたしは、部長（ぶちょう）（　　　） 話（はなし）が 合（あ）いません。

1　には　　　　2　とは　　　　3　へは　　　　4　から

10 仕事（しごと）は 6時（じ）（　　　） 終（お）わります。

1　からは　　　2　までに　　　3　なので　　　4　そして

11 あの 人（ひと）には 世話（せわ）（　　　） なりました。

1　が　　　　　2　と　　　　　3　に　　　　　4　を

12 なにも（　　　） うまく 行（い）きました。

1　かも　　　　2　では　　　　3　とは　　　　4　なら

13 こんな 台風（たいふう）（　　　） 外（そと）に 行（い）けません。

1　には　　　　2　では　　　　3　とも　　　　4　まで

14 あなたが 探（さが）して いる 本（ほん）は ここ（　　　） ありません。

1　では　　　　2　には　　　　3　から　　　　4　まで

15 （　　　） あんな 人（ひと）には 二度（にど）と 関（かか）わりません。

1　いま　　　　2　まだ　　　　3　あと　　　　4　もう

16 チャーハン（　　　） 中華料理（ちゅうかりょうり）が 好（す）きです。

1　とか　　　　2　では　　　　3　なら　　　　4　とは

もんだい2 ＿＿★＿＿に 入る ものは どれですか。1・2・3・4
から いちばん いい ものを 一つ えらんで
ください。

（もんだいれい）

今日 ＿＿＿＿ ＿＿★＿＿ ＿＿＿＿ ＿＿＿＿ 席です。

1 あなたの　　　2 が　　　3 から　　　4 ここ

（こたえかた）

1. ただしい 文を 作ります。

今日 ＿＿＿＿ ＿＿★＿＿ ＿＿＿＿ 席です。

3から　　4ここ　　2が　　1あなたの

2. ＿＿★＿＿に 入る ばんごうを くろく ぬります。

（かいとうようし）　（れい）　① ② ③ ●

17 病気と ＿＿＿＿ ＿＿★＿＿ ＿＿＿＿ に 持って いま
す。

1 誰もが　　　　　　　　2 戦う
3 力は　　　　　　　　　4 体

18 学校は ＿＿＿＿ ＿＿＿＿ ＿＿＿＿ ＿＿★＿＿ やらないと いけま
せん。

1 今日と 明日で　　　　　2 なので
3 宿題を 全部　　　　　　4 あさってから

□ 言語知識（文字・語彙）

☑ 言語知識（文法）・読解

□ 聴解

19 自分が 鏡で ＿＿＿＿ ＿＿＿＿ ＿＿＿＿ ＿★＿ 見る 自分
の 顔は、全然 ちがいます。

1 顔と   2 見る

3 他の人   4 から

20 みんな ＿＿＿＿ ＿＿＿＿ ＿★＿ ＿＿＿＿ のと ちがうので
ビックリします。

1 ビデオで   2 見ると

3 思って いた   4 自分を

21 人の うわさは ＿＿＿＿ ＿＿＿＿ ＿★＿ ＿＿＿＿ 話が 大
きく なります。

1 たびに   2 伝える

3 だんだんと   4 誰かに

もんだい3 22 から 26 に 何を 入れますか。ぶんしょうの
いみを かんがえて、1・2・3・4から いちばん
いい ものを 一つ えらんで ください。

下は、ウェブページの 文章です。

　どこ 22 音楽を 聞ける ウォークマンは、発売以来 世界
中で 人気が あります。わたしも 前は よく 聞いて いまし
た。でも 今は ほとんど 聞きません。

　旅行 23 で 知らない 場所に 行くと、聞きたいとは 思い
ません。

　その 場所を 24 で 味わいたいから、音楽は じゃまに
感じます。

　ウォークマンを 聞くのは 大体、通勤や 通学の 途中など
見あきた 場所です。

　だけど 毎日 見て いる 風景なのに、知っている 25
でも よく 見ると 知らない ことが 多いです。

　なので、景色を よく 見たく なって ウォークマンは 26
なりました。

22
1 から　　　　　　　2 まで
3 なら　　　　　　　4 でも

23
1 とも　　　　　　　2 とか
3 とは　　　　　　　4 として

24
1 生（なま）　　　　　2 目（め）
3 地（ち）　　　　　　4 手（て）

25
1 おかげ　　　　　　2 ついで
3 つもり　　　　　　4 あいだ

26
1 聞（き）いて　　　　　2 聞（き）きたく
3 聞（き）かなく　　　　4 聞（き）くように

もんだい4 つぎの (1) から (3) の ぶんしょうを 読んで、し
つもんに こたえて ください。こたえは、1・2・3
・4から いちばん いい ものを 一つ えらんで
ください。

(1)

「サッカーって 手を 使える キーパーが いるから、あん
なに 大きな ゴールで 小さな 球なのに 点が なかなか
入りません。でも、バスケットは いないから、あんなに 小さ
な ゴールで 大きな 球なのに どんどん 点が 入るんで
す。」

(ある中学生のスポーツに対する発言より)

---

27 この 発言者が 言いたい ことは どれですか。
 1 バスケットは 点が 入りすぎて 面白くないです。
 2 サッカーは 点が 入らなくて つまらないです。
 3 サッカーの キーパーは 不要です。
 4 ルールに よって 点の 入り方が まったく 変わります。

（2）

> 「カエルの 子は カエル」と 言うのは、おたまじゃくしは
> 最初は 似て いなくても 最後は カエルに なる ことから
> 「凡人の 子供は やはり 凡人」と 言う 意味で 使われ
> ます。
>
> （「ことわざネット辞典」より）

28 ここでの 「カエル」は、どんな 意味を 持って います
か。
1 小さかった 体が 急に 大きく なる いきもの。
2 こどもの 頃より ずっと 立派に なる いきもの。
3 水でも 陸でも 生きられる すごい いきもの。
4 全然 珍しくない 普通の いきもの。

(3)

今日は、朝は 曇って いますが、昼から 晴れます。夜に なると、雨が 降るでしょう。その あとは、また 曇るでしょう。

29 ごご 3時ごろは どんな 天気ですか。

もんだい5 つぎの　ぶんしょうを　読んで、しつもんに　こたえて　ください。こたえは、1・2・3・4から　いちばん　いい　ものを　一つ　えらんで　ください。

　みなさんは、コーヒーに　ついては　どんな　感じを　持って　いますか？

　黒くて　苦いし、どちらかと　言うと　不健康な　イメージではないでしょうか。確かに、コーヒーに　含まれる　「カフェイン」は　一度に　10グラム　取ると　死ぬと　言われて　います。しかし　実際には　死ぬほど　飲む　ことは　できないので、コーヒーの　飲みすぎで　死ぬ　ことは　ありません。

　それに、カフェインは　てきどに　取れば　やる気が　出たり　眠くなく　なったり　します。

　その　上、体を　治す　力も　つくそうです。

　毒に　なるか　薬に　なるかは、量や　取り方に　かかって　います。

　「毒にも　薬にも　ならない」のは、なんの　効果も　ありません。

（久留米志向「飲み物のトリビア」味美堂出版より）

30 筆者が　言いたい　ことは　何ですか。
1　コーヒーは　飲みすぎると　死にます。
2　コーヒーは　あまり　いい　イメージは　ありません。
3　コーヒーも　いい　面が　あります。
4　コーヒーは　飲んでも　飲まなくても　いいです。

31 筆者は コーヒーに ついて どう 思って いますか。

1 黒くて 苦くて、不健康な 飲み物です。

2 毒にも 薬にも ならないです。

3 少し くらい いい ことも あるが、体に 悪いと 言えます。

4 たくさん 飲まなければ 体に いい ことの ほうが 多いです。

もんだい6 つぎの ページを 見て、下の しつもんに こたえ
て ください。こたえは、1・2・3・4から いちばん
いい ものを 一つ えらんで ください。

リンリンさんと 秀明さんは 台湾から 日本の 京都に 和
服の 研修に 来ました。そこで 二人で マンションに 住む
ことに なり 引越して 来ました。その 引越しの 時の
出た ゴミ、大きめの 段ボール箱と 梱包に 使った 汚れ
た 新聞紙を 捨てたいです。マンションでは ゴミ捨ての
決まりが あります。

---

32 引越しの ときに 使った、新聞紙と ダンボールを 捨てたい
です。どの ように 出すのが、一番 正しいですか。

1 ダンボールも 新聞紙も 引越しで 使ったので、毎週 月
曜日と 木曜日の 燃える ゴミとして 出します。

2 ダンボールも 新聞紙も 資源で リサイクルするので 毎
週 金曜日に 出します。

3 新聞紙は 使用済みで 汚れて いるので 毎週 月曜日
と 木曜日、ダンボールは リサイクルできるので 毎週
金曜日に 出します。

4 ダンボール箱は 大きいので そのままで 毎月 最初の
火曜日の 大きい ごみに 出します。

～コーポサンディの　ゴミ捨ての　ルール～

燃える　ゴミ	生ゴミや、使用済み　ティッシュペーパーなど　リサイクルできない　もの。 捨てる　場所：A 捨てる　日は　毎週　月曜日と　木曜日。
燃えない　ゴミ	プラスチック類、CDや　ビデオテープ。 捨てる　場所：B 捨てる　日は　毎週　火曜日と　土曜日。
資源　ゴミ	新聞紙（汚れて　いない　もの）、ビン、缶類。 資源として　リサイクルできる　もの。 捨てる　場所：C 捨てる　日は　毎週　金曜日。
大きい　ごみ	タンスや　椅子などの　家具類。 捨てる　場所：D 捨てる　日は　毎月　最初の　火曜日。

もんだい 1 ◎ 10

もんだい1では、はじめに　しつもんを　きいて　ください。それから
はなしを　きいて、もんだいようしの　1から4の　なかから、いちばん
いい　ものを　ひとつ　えらんで　ください。

1 ばん

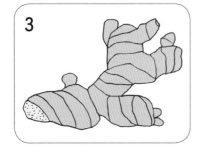
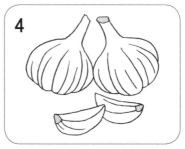

2 ばん

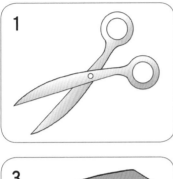
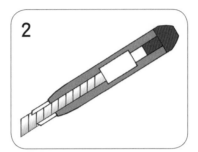
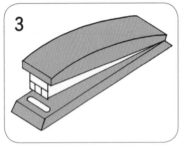
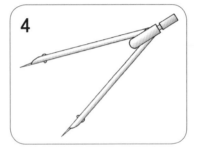

3 ばん

1　2かい

2　4かい

3　6かい

4　8かい

□ 言語知識（文字・語彙）

□ 言語知識（文法）・読解

☑ 聴解

4 ばん

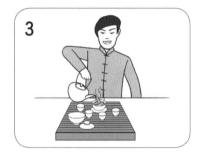

5 ばん

6 ばん

7 ばん

1　くろい　　しかくい　　かばん

2　くろい　　まるい　　かばん

3　しろい　　しかくい　　かばん

4　しろい　　まるい　　かばん

もんだい2 ◎ 11

もんだい2では、はじめに しつもんを きいて ください。それから はなしを きいて、もんだいようしの 1から4の なかから、いちばん いい ものを ひとつ えらんで ください。

1 ばん

1 いちばん みぎの 人

2 ひだりから にばんめの 人

3 ひだりから さんばんめの 人

4 ひだりから よんばんめの 人

2 ばん

1 しゃこうダンスの レッスン

2 バレエの レッスン

3 ピアノの れんしゅう

4 ヨガ

111

3 ばん

1 とうがらし

2 にんにく

3 バナナ

4 かき

4 ばん

1 バス

2 バイク

3 じどうしゃ

4 ひこうき

5 ばん

    1　ラーメン

    2　チャーハン

    3　やきざかなていしょく

    4　ハンバーガー

6 ばん

    1　おべんとうと　　かいちゅうでんとう

    2　おべんとうと　　おかし

    3　おかしと　　のみもの

    4　おかしと　　かいちゅうでんとう

もんだい 3  12

もんだい3では、えを　みながら　しつもんを　きいて　ください。→
（やじるし）の　ひとは　なんと　いいますか。1から3の　なかから、
いちばん　いい　ものを　ひとつ　えらんで　ください。

1 ばん

2 ばん

3 ばん

4 ばん

5 ばん

もんだい4 ◎ 13

もんだい4は、えなどが ありません。ぶんを きいて、1から3の
なかから、いちばん いい ものを ひとつ えらんで ください。

―メモ―

1 ばん　　　　　**4 ばん**

2 ばん　　　　　**5 ばん**

3 ばん　　　　　**6 ばん**

第  回

限時 25 分鐘 | 作答開始：＿＿＿ 點 ＿＿＿ 分　　作答結束：＿＿＿ 點 ＿＿＿ 分

もんだい1 ＿＿＿＿＿の ことばは ひらがなで どう かきますか。
1・2・3・4から いちばん いい ものを ひとつ
えらんで ください。

（れい）

ほんを 買います。

1 がい　　　　2 こい　　　　3 あい　　　　4 かい

（かいとうようし）　　| （れい） | ① ② ③ ● |

---

1 雑誌で 台湾の 特集を して います。
　　1 とくしゅう　2 とくちゅう　3 とくちょう　4 とくしょう

2 財布が 空っぽに なりました。
　　1 そら　　　2 から　　　　3 くう　　　　3 しろ

3 あの人は 有名な 作家です。
　　1 さくか　　　2 さくいえ　　3 さっか　　　4 つくりか

4 彼女は 本気で 告白しました。
　　1 もとき　　　2 ほんき　　　3 ほんげ　　　4 もとげ

5 ここには 数回 きた ことが あります。
　　1 かずかい　2 すうかい　　3 すうど　　　4 かずど

6 大阪に 出張しました。
　　1 でばり　　　2 ではり　　　3 しゅっとう　4 しゅっちょう

7　雑誌に　広告を　出します。
　　1　ひろつげ　　2　こうこう　　　3　こうこく　　　4　ひろこく

8　チャーハンを　大盛で　頼みました。
　　1　たいせい　　2　だいせい　　3　おおぜい　　4　おおもり

9　ひとつの　パンを　二人で　分けます。
　　1　とけます　　2　ふけます　　3　あけます　　4　わけます

10　スポーツ選手は　年を　取ると　引退します。
　　1　いんたい　　2　いんとい　　3　いんてい　　4　てったい

もんだい2 ＿＿＿＿＿の ことばは どう かきますか。1・2・3・4から いちばん いい ものを ひとつ えらんで ください。

11 仕事を かたづけました。
1 型づけ　　2 方づけ　　3 片づけ　　4 形づけ

12 えすかれーたーに 乗りました。
1 コスカレーター　　　　2 ロスカレーター
3 エフカレーター　　　　4 エスカレーター

13 知ってはいるが、いちおう 聞いて みます。
1 一先　　　2 一応　　　3 一回　　　4 一辺

14 ゲームが すたーとしました。
1 スカート　　2 スマート　　3 スクート　　4 スタート

15 特技を いかして 仕事します。
1 行かして　　2 生かして　　3 以下して　　4 意化して

16 大きい パックのを 買った 方が とくです。
1 特　　　　2 徳　　　　3 独　　　　4 得

17 暗いので でんきを つけます。
1 天気　　　2 電気　　　3 電灯　　　4 電球

18 英会話すくーるに 行って います。
1 フクール　　2 スタール　　3 スクール　　4 スクーレ

もんだい3（　　　　）に　なにを　いれますか。1・2・3・4から
　　　　いちばん　いい　ものを　ひとつ　えらんで
　　　　ください。

19 私の　記事が　雑誌に　（　　　　）。
　　　1　のりました　2　来ました　　3　行きました　4　入れました

20 時間が　ないので　（　　　　）　ください。
　　　1　あわてて　　2　あせって　　3　いそいで　　4　ゆっくりして

21 休日は　運動を　（　　　　）。
　　　1　楽です　　　2　楽します　　3　楽しいです　4　楽しみます

22 目を　（　　　）風の　音を　聞きます。
　　　1　しめて　　　2　とじて　　　3　けして　　　4　やめて

23 大きな　事件が　（　　　　）。
　　　1　出来ました　2　生きました　3　起きました　4　成りました

24 山を　（　　　　）　郵便を　配達します。
　　　1　渡って　　　2　飛んで　　　3　踏んで　　　4　越えて

25 この　塔は　（　　　）　います。
　　　1　まがって　　2　まわって　　3　とまって　　4　すわって

26 この 鍵には （　　　）が 付いて います。

　　1 あな　　　　2 まど　　　　3 いろ　　　　4 ふだ

27 なべで 料理を （　　　）。

　　1 にます　　　2 むします　　3 あげます　　4 いためます

28 この メモ帳には （　　　）が 付いて います。

　　1 なまえ　　　2 ねだん　　　3 おまけ　　　4 ボタン

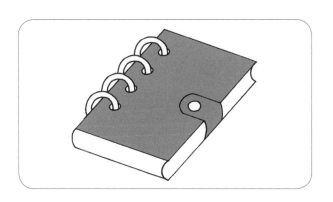

もんだい4 _____の ぶんと だいたい おなじ いみの
　　　　　 ぶんが あります。1・2・3・4から いちばん
　　　　　 いい ものを ひとつ えらんで ください。

29 わたしは コーヒーを たのみました。
　　1 わたしは コーヒーを 飲みました。
　　2 わたしは コーヒーが 飲みたいです。
　　3 わたしは コーヒーを 注文しました。
　　4 わたしは コーヒーを 作りました。

30 彼女は やさしく 笑いました。
　　1 彼女は 少し 笑いました。
　　2 彼女は 大きな 声で 笑いました。
　　3 彼女は おだやかに 笑いました。
　　4 彼女は わたしを バカに しました。

31 薬が ききました。
　　1 いい 薬は ないか 店に 聞きました。
　　2 薬に 効果が ありました。
　　3 薬に 効果が ありませんでした。
　　4 薬を 飲みました。

32 いつかは 行って みたいです。
　　1 今 すぐに 行きたいです。
　　2 日時は わからないが 行きたいです。
　　3 以前に 行った 事が あります。
　　4 もうすぐ 行かなくてはなりません。

33 彼女は 日本人に そっくりです。
　　1 彼女は 見ると すぐ 日本人だと わかります。
　　2 彼女は 日本人だと 思います。
　　3 彼女は 日本人には 見えません。
　　4 彼女は 似てるけど 日本人ではありません。

限時 50 分鐘 作答開始：＿＿＿ 點 ＿＿＿ 分　作答結束：＿＿＿ 點 ＿＿＿ 分

もんだい 1 （　　　）に 何を 入れますか。1・2・3・4から いちばん いい ものを 一つ えらんで ください。

（れい）

わたしの 話（　　　） 聞いて ください。

1　が　　　2　を　　　3　に　　　4　と

（かいとうようし）　| （れい） | ① ● ③ ④ |

---

1 日本人（　　　） 日本語を 習いました。

1　は　　　2　に　　　3　で　　　4　へ

2 彼が オーストラリア人だ（　　　） 知らなかったです。

1　とは　　　2　では　　　3　なら　　　4　まで

3 知らない うち（　　　） 6時に なって いました。

1　が　　　2　と　　　3　に　　　4　は

4 機械は 水（　　　） ぬれると 壊れます。

1　と　　　2　が　　　3　に　　　4　で

5 彼は よく 知らない（　　　）、説明したがります。

1　から　　　2　のに　　　3　ので　　　4　のと

6 彼女の 家は 夜 11時（　　　） 家に 帰らないと いけません。

1　まで　　　2　までに　　　3　として　　　4　ほどに

7 結婚は 愛の やくそく（　　　）言えます。

　　1 など　　　　2 まで　　　　3 から　　　　4 とも

8 夏に（　　　）セミが 鳴きます。

　　1 来ると　　　2 すると　　　3 なると　　　4 したら

9 この 料理は 高い（　　　）おいしいです。

　　1 も　　　　　2 が　　　　　3 は　　　　　4 で

10 彼女は 今月に 入って もう 三回（　　　）遅刻しました。

　　1 を　　　　　2 で　　　　　3 が　　　　　4 も

11 この 季節 朝から 昼に（　　　）は、まだ 涼しいです。

　　1 なって　　　2 とって　　　3 かけて　　　4 さして

12 わたしは 大学を 卒業しました。（　　　）この 会社に 入りました。

　　1 これから　　2 それから　　3 あれから　　4 どれから

13 おいしいので（　　　）食べ過ぎました。

　　1 すぐ　　　　2 つい　　　　3 まだ　　　　4 いま

14 彼女は 恋愛（　　　）無関心です。

　　1 と　　　　　2 に　　　　　3 で　　　　　4 が

15 彼の 誘いには 気（　　　）進まないです。

　　1 に　　　　　2 で　　　　　3 を　　　　　4 が

16 こんな ところ（　　　）雑草が 生えて います。

　　1 にも　　　　2 には　　　　3 なら　　　　4 とは

126

もんだい2 ＿＿★＿＿に 入（はい）る ものは どれですか。1・2・3・
　　　　4から いちばん いい ものを 一（ひと）つ えらんで
　　　　ください。

（もんだいれい）

今日（きょう）＿＿＿＿＿ ＿★＿ ＿＿＿＿＿ ＿＿＿＿＿ 席（せき）です。

　　　1 あなたの　　　2 が　　　3 から　　　4 ここ

（こたえかた）

1. ただしい 文（ぶん）を 作（つく）ります。

今日（きょう）＿＿＿＿＿ ＿★＿＿＿＿ ＿＿＿＿＿ 席（せき）です。
　　　3 から　　4 ここ　　2 が　　1 あなたの

2. ＿★＿に 入（はい）る ばんごうを くろく ぬります。

（かいとうようし）　（れい）　① ② ③ ●

17 人（ひと）は ＿＿＿＿＿ ＿＿＿＿＿ ＿★＿ ＿＿＿＿＿ と ちがう 動（うご）きを
します。

　　　1 つくとき　　　　　　　2 ウソを
　　　3 いつも　　　　　　　　4 体（からだ）は

18 本場（ほんば）の ＿＿＿＿＿ ＿＿＿＿＿ ＿＿＿＿＿ ＿★＿ おいしいです。
　　　1 日本料理（にほんりょうり）とは　　　2 ちがうが
　　　3 これで　　　　　　　　　　　　　　4 これは

19 今日（きょう）＿＿＿＿＿ ＿＿＿＿＿ ＿＿＿＿＿ ＿★＿ には 行（い）かないで
す。
　　　1 日曜日（にちようび）　　　　　　2 学校（がっこう）
　　　3 は　　　　　　　　　　　　　　4 なので

127

20 うれしい ＿＿＿＿ ＿＿＿＿ ＿＿＿＿ ＿★＿ 会社の 製品に
なりました。

1 ことに　　　　　　　　2 アイディアが

3 そのまま　　　　　　　4 わたしの

21 マジックは タネを ＿＿＿＿ ＿★＿ ＿＿＿＿ ＿＿＿＿ できま
せん。

1 練習　　　　　　　　　2 しなければ

3 知っても　　　　　　　4 うまく

もんだい3 22 から 26 に 何を 入れますか。ぶんしょうの
いみを かんがえて、1・2・3・4から いちばん
いい ものを 一つ えらんで ください。

下は、ネットニュースからの 文章です。

「大昔には 月が 二つ あった」 なんて 聞くと ロマン
チックですよね。

でも、 22 そういう 説が あるのです。

それに 23 、8000万年もの 長い 間、二つの 月が
地球を 回って いました。それが ある 時 24 ひとつに
なったと いうのです。

月は 表と 裏で まったく ちがうのは 以前より 25 い
ました。

そんな 時代の 地球に 行ったら、まだまだ 面白い こと
が いっぱい 26 です。

22

　　1　本当に　　　　　　2　本当は

　　3　本当で　　　　　　4　本当なら

23

　　1　きけば　　　　　　2　よれば

　　3　すれば　　　　　　4　みれば

24

　　1　まとまって　　　　2　かたまって

　　3　ぶつかって　　　　4　なくなって

25

　　1　知る　　　　　　　2　知って

　　3　知らせて　　　　　4　知られて

26

　　1　ありそう　　　　　2　あるそう

　　3　なさそう　　　　　4　ないそう

もんだい4 つぎの (1)から(3)の ぶんしょうを 読んで、し
つもんに こたえて ください。こたえは、1・2・3
・4から いちばん いい ものを 一つ えらんで
ください。

(1)

> わたしは、きらいだったものが 好きに なる ことは あっ
> ても、逆は ありません。つまり、好きだったもの が きらいに
> なる ことは 決してないのです。それには ちゃんと 理由が
> あります。
>
> (遠藤習作「幼少の頃」啓英社より)

27 筆者が 言って いる ことと 同じ ものは どれですか。
1 長く 生きて いると、好きな ものと きらいな ものが
ハッキリ します。
2 生きれば 生きるほど、好きな ものが 増えて いきます。
3 きらいに なる ことは ないけど、好きだったものが 好き
でなく なる ことは あります。
4 好きな ものが きらいに なるには ちゃんと 理由が あ
ります。

(2)

> 　「こい」と　「うすい」は、昔は　色とか　味にしか　使いませんでした。最近は、人の　顔にも　使われます。「こい顔」とは　目口鼻が　ハッキリ　して、印象の　つよい　顔の　ことです。

（柳田国男「言葉の変遷」二都書房より）

28　「こい顔」とは　どれが　合って　いますか。
1　口が　小さく　頭が　大きな　顔。
2　目と　目が　はなれて　いる　顔。
3　目が　細く　鼻が　低い　顔。
4　目が　大きく　鼻が　高い　顔。

(3)

前は　ベッドを　使って　いました。妻と　寝て　いました。でも、今は、ベッドを　使いません。たたみの　上に、ふとんを　敷きます。一人で　寝ます。

29 この　人は、どんな　ところで　寝ますか。

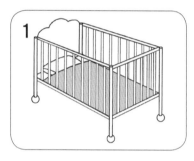

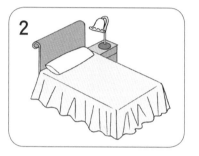

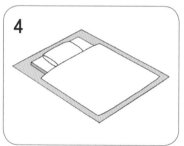

**もんだい5 つぎの ぶんしょうを 読んで、しつもんに こたえて
ください。こたえは、1・2・3・4から いちばん
いい ものを 一つ えらんで ください。**

入った お店で、気に 入らない ことが あったら どうします
か？

たいていの 国の 人は、店の 人や 店長に 文句を 言うのが
ふつうのようです。

しかし、日本人は 「①だまって 店を 出て 行く」 ことが 多
いようです。

文句を 言いませんが、その 店には もう 二度と 来ません。

反対に、店が よかったら ほかの お客を 連れて 戻って き
ます。

「店の ことは 店の ほうしん」 として 何も 言わない かわり
に、客は 行動で せいせきを つけるのです。

だから 店も 「客が 文句を 言わなかったら だいじょうぶ」
などとは 思いません。

②文句が なくても 客の 立場で 考えて サービスを もっと
よく する ことが、大切に なるのです。

（金星伊代「日本商売の独自性」経済振興社より）

30 日本人が ①だまって 店を 出て 行くのは どうしてですか。

1 店に とっては それが どんな 文句より 効くから。

2 人と 喧嘩するのが 好きではないから。

3 人と 話を する ことが 下手だから。

4 店の やり方に 意見を 言いたくないから。

31 ②文句が なくても 客の 立場で 考えて サービスを もっ

と よく する ことが、大切に なるのは どうしてですか。

1 お客が 減っても 理由が わからないから。

2 お客に 文句を 言われたくないから。

3 そうすると 値段を 上げる ことが できるから。

4 お客が ほかの 店で 文句を 言うから。

もんだい 6 つぎの ページを 見て、下の しつもんに こたえ
て ください。こたえは、1・2・3・4から いちばん
いい ものを 一つ えらんで ください。

32 7月28日 台風で 翌日 雨が 降ったら どこで 運動会を
しますか？
1 8月4日（土曜日） うさぎの森保育園 体育館 9：00〜
2 7月28日（土曜日） うさぎの森保育園 運動場 9：00〜
3 7月29日（日曜日） うさぎの森保育園 運動場 9：30〜
4 7月29日（日曜日） うさぎの森保育園 体育館 10：00〜

7月28日（土曜日）　うさぎの森保育園　運動会を　おこないます。

お子様と　一緒に　お父さん、お母さんも　参加しては　どうですか？

参加の　場合は　当日　受付を　して　下さい。

【日時】　7月28日（土曜日）　9：00〜14：00

【場所】　うさぎの森保育園　運動　場

【持ち物】　お弁当、お茶

注意：

雨天の　場合

※7月28日（土曜日）　雨の　時　⇒
　7月29日（日曜日）　うさぎの森保育園　運動　場　9：30〜

※7月28日　　台風の　時　⇒
　8月4日（土曜日）　うさぎの森保育園　体育館　9：00〜

※強風、雷　などの天候不良　の場合
　安全の　為　当保育園の　ホームページを　ごらんください。

（10時までに　天候が　回復すれば　通常通り　7月28日（土曜日）運動会を　やります。）

★当日、くわしくは　ホームページを　ごらんください。

●7月29日（日曜日）　雨天の　場合　うさぎの森　保育園　体育館　10：00〜

もんだい 1  14

もんだい 1では、はじめに　しつもんを　きいて　ください。それから
はなしを　きいて、もんだいようしの　1から4の　なかから、いちばん
いい　ものを　ひとつ　えらんで　ください。

1 ばん

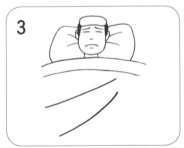

2 ばん

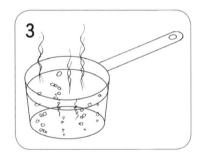

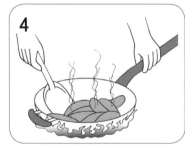

3 ばん

1 30から　40ページまでと　45ページ

2 31から　39ページまでと　45ページ

3 31から　39ページまで

4 30から　39ページまでと　44から　45ページまで

4 ばん

5 ばん

6 ばん

7 ばん

1　こめと　かんでんち

2　カップラーメンと　かんでんち

3　こめと　ポテトチップス

4　こめと　カップラーメン

もんだい2 ◎ 15

もんだい2では、はじめに　しつもんを　きいて　ください。それから
はなしを　きいて、もんだいようしの　1から4の　なかから、いちばん
いい　ものを　ひとつ　えらんで　ください。

1 ばん

1　いちばん　ひだりの　人

2　ひだりから　にばんめの　人

3　みぎから　にばんめの　人

4　ひだりから　よんばんめの　人

2 ばん

1　キウイフルーツ

2　すいか

3　りんご

4　トマト

3 ばん

1 うちで　えいがかんしょう

2 サイクリング

3 ランニング

4 ボウリング

4 ばん

1 エジプト

2 フランス

3 イタリア

4 ケニア

5 ばん

1 はれ

2 かぜ

3 あめ

4 くもり

6 ばん

1 29ページから　　33ページまで

2 29ページから　　34ページまでと　　54ページ

3 30ページから　　33ページまで

4 30ページから　　34ページまでと　　54ページ

もんだい3 ◎ 16

もんだい3では、えを　みながら　しつもんを　きいて　ください。→
（やじるし）の　ひとは　なんと　いいますか。1から3の　なかから、
いちばん　いい　ものを　ひとつ　えらんで　ください。

1 ばん

2 ばん

3 ばん

4 ばん

5 ばん

もんだい 4 ◎ 17

もんだい 4 は、えなどが ありません。ぶんを きいて、1 から 3 の
なかから、いちばん いい ものを ひとつ えらんで ください。

―メモ―

1 ばん   4 ばん

2 ばん   5 ばん

3 ばん   6 ばん

第 **5** 回

限時 25 分鐘　作答開始：_____ 點 _____ 分　　作答結束：_____ 點 _____ 分

もんだい1 _____の ことばは ひらがなで どう かきますか。
1・2・3・4から いちばん いい ものを ひとつ
えらんで ください。

（れい）

ほんを 買います。

1 がい　　　　2 こい　　　　3 あい　　　　4 かい

（かいとうようし）　| （れい） | ① ② ③ ● |

---

1 算数の 問題が 解けました。

　　1 ぼけました　2 うけました　3 かけました　4 とけました

2 好きな 科目は 体育です。

　　1 たいく　　　2 たいいく　　3 ていく　　　4 ていいく

3 大事な ものを 金庫に 入れて おきます。

　　1 かねこ　　　2 かなこ　　　3 きんこ　　　4 きんご

4 部屋では 帽子を 脱ぎます。

　　1 ぼうす　　　2 ぼうず　　　3 ぼうし　　　4 ぼうじ

5 最近 仕事が 苦しいです。

　　1 くしい　　　2 くるしい　　3 にがしい　　4 たのしい

6 この お金で 当分は 困りません。

　　1 とうぶん　　2 とうふん　　3 あてふん　　4 あたりわけ

7 結婚式の 司会を しました。
1 すかい 　　2 しかい 　　3 すあい 　　4 しあい

8 夏休みには、朝 学校で ラジオ体操を します。
1 ていそう 　2 たいそう 　3 でいそう 　4 だいそう

9 いまさら 過去には 戻れません。
1 よじれません 　　　　　　2 もたれません
3 もどれません 　　　　　　4 かじれません

10 木の 上に 柿の 実が なって います。
1 み 　　　　2 め 　　　　3 めい 　　　　4 じつ

☑ 言語知識（文字・語彙）

□ 言語知識（文法）・読解

□ 聴解

もんだい2 _____の ことばは どう かきますか。1・2・3・4
から いちばん いい ものを ひとつ えらんで
ください。

11 動物の いらすとが 可愛いです。
　1 イチスト　　2 イラフト　　3 イラスト　　4 イスラト

12 とくに、これが 好きです。
　1 特　　　　2 徳　　　　3 独　　　　4 得

13 とらんぷで 遊びましょう。
　1 メランプ　　2 トラソプ　　3 トタンプ　　4 トランプ

14 ケータイから めーるします。
　1 ノール　　　2 イール　　　3 メール　　　4 リール

15 病気なので、今日は 体育を けんがくします。
　1 見物　　　2 見学　　　3 見楽　　　4 建学

16 バイオリンを ひきます。
　1 引きます　　2 弾きます　　3 飛きます　　4 退きます

17 この 作品には じしんが あります。
　1 自身　　　2 時針　　　3 自信　　　4 時新

18 電話を きりました。
　1 取りました　2 盛りました　3 切りました　4 来りました

もんだい3 （　　　　）に　なにを　いれますか。1・2・3・4から
　　　　　いちばん　いい　ものを　ひとつ　えらんで
　　　　　ください。

19　おばあさんは　子供に　（　　　　）です。
　　1　苦い　　　　　2　辛い　　　　　3　甘い　　　　　4　酸っぱい

20　ゆっくり　話したいので、今度　時間を　（　　　　）　ください。
　　1　取って　　　2　持って　　　3　有って　　　4　食って

21　お弁当を　（　　　　）　食べます。
　　1　おとして　　2　もどして　　3　ひらけて　　4　ひろげて

22　この　仕事を　するには、専門の　技術が　（　　　　）。
　　1　あります　　2　いります　　3　でます　　　4　きます

23　英語を　（　　　　）　ラブレターを　書きました。
　　1　使って　　　2　動いて　　　3　出して　　　4　書いて

24　道が　わからないので　あの　人に　（　　　　）　みましょう。
　　1　言って　　　2　話して　　　3　聞いて　　　4　寄って

25　資料を　（　　　　）で　とじます。
　　1　コンパス　　2　クリップ　　3　ホッチキス　4　スプリング

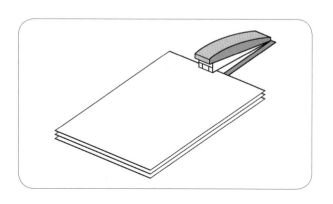

26 階段を （　　）います。

1 おりて　　　2 こえて　　　3 あるいて　　4 のぼって

27 こどもは　財布を　（　　）。

1 もらいました　　　　　　2 あげました
3 とどけました　　　　　　4 あずけました

28 パソコンの　キーボードを　（　　）。

1 みます　　　2 おします　　3 つけます　　4 たたきます

もんだい4 ＿＿＿ の ぶんと だいたい おなじ いみの
　　　　 ぶんが あります。1・2・3・4から いちばん
　　　　 いい ものを ひとつ えらんで ください。

29 彼は 困った 人です。

　1 彼は 今 困って います。

　2 彼は とても いそがしいです。

　3 彼は 問題ばかり 起こします。

　4 彼は あまり 話さない 人です。

30 午後から 雨が 降るそうです。

　1 午後から 雨が 降ると 思います。

　2 午後から 雨が 降ると 聞きました。

　3 午後から 雨が 降る かもしれません。

　4 午後から 雨が 降る ことは ないと 思います。

31 彼女は おとなしいです。

　1 彼女は うるさいです。

　2 彼女は よく しゃべります。

　3 彼女は よく 動きます。

　4 彼女は 静かです。

32 辛すぎて 食べられません。

　1 辛くないので 食べたくないです。

　2 辛い ものは 食べない 方が いいです。

　3 とても 辛いので 食べられないです。

　4 食べるには 辛くない 方が いいです。

33 わたしは 日本に 来た ばかりです。

　1 わたしは 日本に 来てから 長いです。

　2 わたしは 日本に 来て 日が 浅いです。

　3 わたしは 日本に 来たくなかったです。

　4 わたしは 日本に 来たかったです。

限時 50 分鐘 作答開始：＿＿ 點 ＿＿ 分　作答結束：＿＿ 點 ＿＿ 分

もんだい1（　　　）に 何を 入れますか。1・2・3・4から いちばん いい ものを 一つ えらんで ください。

（れい）

わたしの 話（　　　） 聞いて ください。

1　が　　　　2　を　　　　3　に　　　　4　と

（かいとうようし） | （れい） | ① ● ③ ④ |

---

1 彼女は 人の 親切を なん（　　　） 思って いません。

　1　にも　　　2　には　　　3　とか　　　4　とも

2 親（　　　） 子供を しかります。

　1　までも　　2　として　　3　にして　　4　からは

3 ミニスカートは 脚の キレイな あなた（　　　） ピッタリで
　す。

　1　とは　　　2　には　　　3　では　　　4　へは

4 静か（　　　） して ください。

　1　に　　　　2　で　　　　3　が　　　　4　と

5 元気（　　　） いて ください。

　1　に　　　　2　が　　　　3　で　　　　4　は

6 おもちゃ（　　　） 遊びます。

　1　が　　　　2　で　　　　3　は　　　　4　と

7　受付は　午後7時（　　　）　開いて　います。

1　まで　　　　2　では　　　　3　とか　　　　4　など

8　この　値段（　　　）　税金は　入って　います。

1　へ　　　　　2　と　　　　　3　が　　　　　4　に

9　わたしは　春（　　　）　秋の　方が　好きです。

1　でも　　　　2　には　　　　3　まで　　　　4　より

10　彼女は　父親を　バカ（　　　）　して　います。

1　と　　　　　2　が　　　　　3　に　　　　　4　は

11　誰か、先生（　　　）　知らせて　ください。

1　が　　　　　2　を　　　　　3　に　　　　　4　と

12　この　ネックレスは　とても　気（　　　）　入りました。

1　で　　　　　2　を　　　　　3　に　　　　　4　が

13　彼女は　三杯（　　　）　ビールを　飲みました。

1　と　　　　　2　で　　　　　3　に　　　　　4　も

14　彼は　自宅の　庭に　鉄道を　作る（　　　）の　鉄道マニアです。

1　だけ　　　　2　ほど　　　　3　から　　　　4　には

15　絵が　うまく　なる（　　　）　たくさん　描かなくて　いけません。

1　には　　　　2　では　　　　3　とは　　　　4　へは

16　ビールが　好きな　人は　お腹が　大きい　人が　多いです
が、わたしも　（　　　）　一人です。

1　この　　　　2　その　　　　3　あの　　　　4　どの

もんだい2 ___★___ に 入る ものは どれですか。1・2・3・4
から いちばん いい ものを 一つ えらんで
ください。

(もんだいれい)

今日 _____ ___★___ _____ _____ 席です。

　　　1 あなたの　　　2 が　　　3 から　　　4 ここ

(こたえかた)

1. ただしい 文を 作ります。

┌───┐
│　　　今日 _____ ___★___ _____ _____ 席です。   │
│   │
│　　　**3 から　　4 ここ　　2 が　　1 あなたの**   │
└───┘

2. ___★___ に 入る ばんごうを くろく ぬります。

(かいとうようし)　　┌─────┬──────────────┐
　　　　　　　　　　　│(れい)│ ① ② ③ ●   │
　　　　　　　　　　　└─────┴──────────────┘

───

17　字が _____ _____ ___★___ _____ 読めません。
　　1 あるのか　　　　　　　　2 何と
　　3 小さすぎて　　　　　　　4 書いて

18　学校に ___★___ _____ _____ 家に 帰りました。
　　1 途中で　　　　　　　　　2 思い出して
　　3 忘れ物を　　　　　　　　4 行く

19　彼が _____ _____ _____ ___★___ ほど いっぱいでし
　　た。
　　1 チョコレートは　　　　　2 食べきれない
　　3 もらった　　　　　　　　4 一人では

20 最近は ＿＿＿＿ ＿＿＿＿ ＿＿＿＿ ＿★＿ 日本語は むず

かしいと いわれなく なりました。

　　1　たくさん　いて　　　　　　2　日本語の
　　3　外国人が　　　　　　　　　　4　上手な

21 中年を ＿★＿ ＿＿＿＿ ＿＿＿＿ ＿＿＿＿ 太ります。

　　1　同じだけ　　　　　　　　　　2　食べると
　　3　過ぎて　　　　　　　　　　　4　若い　時と

もんだい3 22 から 26 に 何を 入れますか。ぶんしょうの
いみを かんがえて、1・2・3・4から いちばん
いい ものを 一つ えらんで ください。

下は、ある ウェブページからです。

みなさんは、パソコンの 壁紙、22 を 使って いますか?

趣味や スポーツに 関連した もの、あるいは キレイな

おねーさん、あるいは 美しい 風景。人に 23 違うでしょう

し、季節や 気分でも 変わるでしょう。

でも わたしは、パソコンの 壁紙は その 人の 心を 24

ものだと 思います。

その 人が 思って いる ことが、壁紙に 反映されるようで

す。

なので、気分を 変えたかったら まず 壁紙 25 変えて

みましょう。

仕事や 勉強の 能率も、26 かもしれませんよ。

(ある壁紙紹介のウェブページより)

22

    1　なんなの　　　　　　　　2　どんなの

    3　どれなの　　　　　　　　4　どこなの

23

    1　よって　　　　　　　　　2　とって

    3　あって　　　　　　　　　4　やって

24

    1　いれる　　　　　　　　　2　かける

    3　あつめる　　　　　　　　4　あらわす

25

    1　すら　　　　　　　　　　2　には

    3　まで　　　　　　　　　　4　から

26

    1　さがる　　　　　　　　　2　さげる

    3　あがる　　　　　　　　　4　あげる

もんだい4 つぎの (1) から (3) の ぶんしょうを 読んで、し
つもんに こたえて ください。こたえは、1・2・3
・4から いちばん いい ものを 一つ えらんで
ください。

(1)

　きらいだったものが 好きに なるのは、前は よさを 知らな
かったからです。知れば 好きに なります。だから、反対は
ないのです。よさを 一度 知ったら、きらいに 戻る ことは
もう ありません。

(遠藤習作「幼少の頃」啓英社より)

27 筆者の 好ききらいが 変わる きっかけは 何ですか。
1 気分に よって 好ききらいが 変わるから。
2 年とともに 好ききらいが 変わるから。
3 いいと 思った ものを 好きに なるから。
4 一度でも イヤと 思った ものを きらいに なるから。

(2)

人間の　頭は、何かを　考えるより　何も　考えない　ほうが
むずかしいのです。わたしたちは　常に　何かを　考えて、頭
が　疲れて　いると　言えます。なので、むしろ　ゆったりと
気持ちを　落ち着けた　ほうが　いい　考えが　出るのです。

(一門銭隼人「脳の科学」宇園出版より)

28　いい　考えが　出ない　原因を　言い換えると、どれが　合っ
て　いますか。
1　頭が　サボって　いる　から。
2　頭が　集中して　いないから。
3　頭に　力が　入りすぎて　いるから。
4　頭が　はやく　動きすぎて　いるから。

（3）

海に 行きました。泳ごうと 思って いました。でも、やっぱ
り やめました。バレーを しようと 思って いましたが、暑い
から やめて、すいか割りを しました。

29 海に 行って、何を しましたか。

もんだい5 つぎの ぶんしょうを 読んで、しつもんに こたえて
　　　　ください。こたえは、1・2・3・4から いちばん
　　　　いい ものを 一つ えらんで ください。

　おそらく 日本で 初めて 「カタカナ英語ではない ほんもの
の 英語を しゃべれる 人」の 小林克也さん。その 彼の こ
どもの ころの 話。

　こどもの ころ、友達と ターザン(注)ごっこを して 遊んで い
た 彼。

　体が 大きく うんどうも できなかったため、やらされる 役は
いつも インディアン。

　で、しゃべれないのに 「なんちゃって 英語(でたらめな 英
語)」で ターザンを ののしります。

　ところが それを 聞いた 遊び ともだちは 「おまえの 英語
は 本物に 聞こえる!」と 驚いたそうです。

　そんな 小林さんは、ハーフでも なんでもない、ふつうの日本
人。

　よく ラジオから 聞こえて くる 英語を まねして いたそうで
す。

　この 「耳で 入り 発音を まねする」のは、言語を 学ぶ 極
意でもあります。

(梨本優 「スター外伝・知られざるエピソード」日本芸能社より)

(注)ターザン:アメリカの 小説の 主人公。

30 この 話の あらすじで、正しい ものは どれですか。

1 小林さんは こどもの 頃から 英語が 上手でした。

2 小林さんは 英語が しゃべれるので インディアン役を
  やって いました。

3 英語は できないのに、小林さんの 英語は ほんもの そ
  っくりでした。

4 小林さんは 外国に 行って 初めて 英語が できる よう
  に なりました。

31 本文から、小林さんの 英語が 上達した 一番の 原因は
何ですか。

1 ターザンごっこを したから。

2 まちがって いても 気に しないで 話して いたから。

3 ラジオから 勉強したから。

4 練習の 方法が よかったから。

もんだい6 つぎの ページを 見^みて、下^{した}の しつもんに こたえ
　　　　て ください。こたえは、1・2・3・4から いちばん
　　　　いい ものを 一^{ひと}つ えらんで ください。

冷蔵庫^{れいぞうこ}の 電気代^{でんきだい}を 節約^{せつやく}するため、ネットで 調^{しら}べて み

ました。

そうしたら、こんな 文^{ぶん}を 見^みつけました。

---

32 次^{つぎ}の うち 正^{ただ}しくない ものは どれですか。

1 「弱^{じゃく}」に 設定^{せってい}したが 冷^ひえが 悪^{わる}かったので 「中^{ちゅう}」に
しました。

2 置^おき場^ばに 余裕^{よゆう}が あるので 冷蔵庫^{れいぞうこ}の 周囲^{しゅうい}を 10セン
チ 空^あけました。

3 使^{つか}った ことの ない 調味料^{ちょうみりょう}を 冷蔵庫^{れいぞうこ}から 出^だして 保^ほ
管^{かん}しました。

4 空^あきが あったので レンジした 食^たべ物^{もの}を 冷蔵庫^{れいぞうこ}で 冷^さ
ましました。

設置や 手入れに ついて

★ 冷蔵庫が 壁などに ちかすぎると 熱が 逃げないので、冷蔵庫の 周りは 10センチ以上 空けましょう。

★ 設定は 食品が 冷えれば いいので、 できるだけ 「弱」 に して、もし 冷えない 場合は 「中」で 使用して 下さい。

★ 傷んだ パッキン （ドアに ついてる ゴム） は あいだから 冷気が もれて 電気の ムダ使いに なるので、新しい 物に 交換しましょう。

使い方に ついて

◆ 物を 詰め込みすぎない ように しましょう。
冷気の 流れが 悪く なり、中が 均一に 冷えなく なります。

◆ 缶詰、瓶詰や 調味料 は、もし 未開封なら 腐る ことは ないので 冷蔵庫に 入れない ように しましょう。

◆ 熱い 物は 必ず 冷ましてから 入れましょう。
麦茶など、熱い 物を 冷まさずに そのまま 入れると 温度 が 上がって 中の 物が 腐りやすく なります。 できる限り 冷ましてから 冷蔵庫に 入れましょう。

もんだい 1 ◎ 18

もんだい 1 では、はじめに　しつもんを　きいて　ください。それから
はなしを　きいて、もんだいようしの　1 から 4 の　なかから、いちばん
いい　ものを　ひとつ　えらんで　ください。

1 ばん

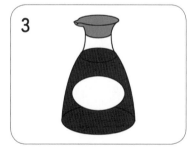

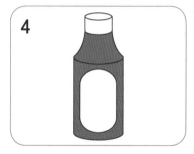

2 ばん

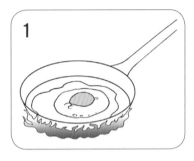

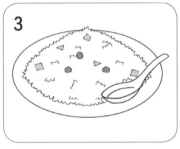
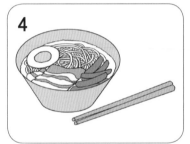

3 ばん

1 おにぎりと　きっぷ

2 おかしと　きっぷ

3 のみものと　おかし

4 おかしと　かさ

4 ばん

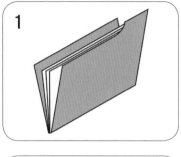

1

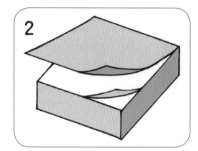

2

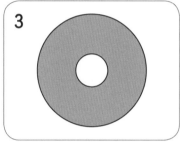

3

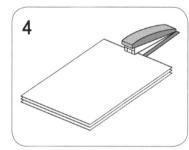

4

5 ばん

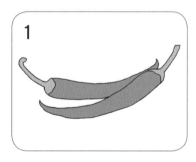

1

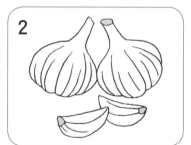

2

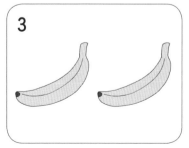

3

4

6 ばん

7 ばん

1 ながい　くろい　てぶくろ

2 ながい　しろい　てぶくろ

3 みじかい　くろい　てぶくろ

4 みじかい　しろい　てぶくろ

もんだい 2 ◎ 19

もんだい 2 では、はじめに　しつもんを　きいて　ください。それから
はなしを　きいて、もんだいようしの　1 から 4 の　なかから、いちばん
いい　ものを　ひとつ　えらんで　ください。

1 ばん

1　ねて　いる　こども

2　みぎから　にばんめの　こども

3　みぎから　さんばんめの　こども

4　いちばん　ひだりの　こども

2 ばん

1　943－2954

2　943－2594

3　934－2954

4　934－2594

3 ばん

1 きょうしつ

2 しょくどう

3 こうてい

4 パンのおみせ

4 ばん

1 しょうゆ

2 トマトケチャップ

3 しょうが

4 にんにく

5 ばん

    1   カレー

    2   ハンバーグ

    3   ハヤシ

    4   から揚げ

6 ばん

    1   くもり

    2   あめ

    3   あめと　かぜ

    4   はれ

もんだい 3 ◉ 20

もんだい3では、えを みながら しつもんを きいて ください。→
（やじるし）の ひとは なんと いいますか。1から3の なかから、
いちばん いい ものを ひとつ えらんで ください。

1 ばん

2 ばん

3 ばん

4 ばん

5 ばん